三角潭的水鬼

吳敏顯

誰寫了《三角潭的水鬼》這本小說——

莫非是乩童？

吳敏顯

每天總有某些時刻，弄不清楚自己究竟是誰？是我的分身還是他人的替身？如此撲朔迷離恍恍惚惚的處境，最常出現在我靜下心，坐到書桌或電腦前寫小說的時段。

我只能夠猜測，自己像個乩童。你看呀！攤在面前的紙筆、螢幕和鍵盤，不正是我起乩浮字、窺探天機的神案供桌。尤其等到全神貫注於書寫中的小說情節，幾乎不消片刻便浮想聯翩。

可有時候，卻發現自己突然欠缺神靈附身那股氣勢，了不起學學外表斯文，雙手靈巧去變幾樣把戲唬弄人的魔術師。還有一些時候，僅能承認自己大概是個說書人，熟讀幾本小說方便照本宣科，或隨機加點油腥添點酸辣。

實在很難界定自己究竟是說書人、魔術師，或是被神鬼附身的乩童。

我從小在鄉下成長，整個村莊種田種菜，就算泥水匠、廟公、鄉公所和農會職員、搓草繩打草鞋的、田埂邊抓蛇抓鱔魚的、擺攤殺豬賣肉的、撐船往河底掏挖砂石的，統統由農民兼差，乩童自不例外。儘管他經常上天下地同神鬼交往，本事不小，大家仍舊把他當常人看待。

至於魔術師這種「會變把戲的人」現身我們鄉下，純屬偶然。某天中午，鄉公所員工午休吃便當，門口冒出一位紳士，頭戴高帽子，身穿黑色燕尾服，右手拎個黑皮箱，左腋下夾了一支手杖。他摘下帽子朝大家揮手致意，說他遠從臺北來，要免費變幾樣把戲幫大家提神開胃。果然，很快讓人看得目瞪口呆，嘖嘖稱奇之餘，把他的小道具搶購一空。

說實在，窮鄉下看到魔術師表演已算幸運，哪來的說書人願意下鄉。所幸村裡兩座廟一年演幾場野臺戲，隔一兩個月總有宜蘭街下來賣碗盤雜貨的小販，或賣強精補腎藥丸、賣跌打損傷膏藥的郎中，他們擺攤說唱，多少提供了村人窺探大千世界的機會。

真正說書，要等我上街讀中學才從電影裡瞧見，看著看著便著迷。爾後幾回到大陸旅遊，特地前往北京老舍茶館和蘇州的河道遊船去聽說書。其中，蘇州說書用當地方言，我根本聽不懂，主要感受那氣氛，飽覽船行途中的塔樓亭閣與民居景致。在水聲人聲交錯之間，那些聽不懂的話語，傳進耳朵裡竟然使我明白了幾分。

依此情境，若說我們鄉下沒有說書人，並不完全正確。尤其那些輪番出現的小販及郎中，說出話一句緊連一句，毫無隙縫，不管四句聯、七字調，連說帶唱，皆說得嘴角冒泡，彷彿教漢學老先生吟唱古詩詞般，處處押著韻腳。按理，該算某種類型的說書人吧！

我上一代長輩不識字居多，要他們說哪本書寫了什麼，當然無從說起，可述說自身際遇或聽來的故事，或從廟前戲臺搬出戲文，像〈關公斬蔡陽〉、〈陳三五娘〉、〈孫悟空大鬧天宮〉、〈目蓮救母〉……，都能繪聲繪影講得頭頭是道，無論表情、手勢、語氣腔調，樣樣精到。

原來，說書人就在我們周邊，沒察覺是大家習慣貪遠不看近，正如諺語說的「近廟欺神」。其實，任何人上了年紀，總有幾本聽來的故事，包括平日木訥寡言的老農，只須找個話題挑逗，水閘門一轉開，多少故事統統勾串出來。

我常納悶，認為他們當中某些人，前世應屬落難書生。一旦坐上廟前臺階，或哪家小店鋪的長條板凳，必然與茶樓遊船的說書人一個樣，泡杯茶，揮揮扇子，即可說上幾個時辰。

退休這些年，我除了持續寫散文，還認真寫起小說。儘管小說篇幅比散文長許多，提供刊載的園地則日漸縮小，我照樣樂此不疲。因為我發現，童年少年時期那些愛講故事會講故事的說書人，早已不見蹤影。老人家或遭電視綜藝節目、連續劇綁架，或被股票行情、政論名嘴糾纏，加上現代年輕人離不開電腦網咖，幾乎不容易找到人願意講故事、聽故事了。

如果我不把那些親身經歷與聽來的故事寫下來，恐怕真要成為絕響。反正，在臺灣能以文學創作為生者少之又少，寫小說換不了幾碗米飯，卻至少可以讓自己寫得高高興興，否則哪來那麼多網路作家？

更何況鄉下老農身上，流傳一種特質非常值得寫作者學習——他們縱使米價菜價慘跌，甚至血本無歸，照舊天天下田勞動。若問為什麼？理由很簡單，因為這一輩子下田種地已經習慣了，多歇個幾天，不但病痛找上身，田地立刻跟著長草。

我曾經讀過某些以鄉土人物為描寫對象的小說，似乎離不開野臺戲苦旦那樣哭哭啼啼的悲情演出。坦白說，這和陪伴我成長的鄉下見聞，差距不小。

相對於都市人的富裕，鄉下確實窮苦；相對於都市人的精明，鄉下人確實戇直。但鄉下人有鄉下人的生活哲學，其淳樸面相尤其貼近人性。所以我想寫鄉下人的憨厚與質樸，寫村人對天地對鬼神的敬畏，寫族親同鄰人之間的相扶持。

作家寫愛情、寫親情、寫人生百態與人性卑劣殘暴的陰暗面……，幾乎任何題材都能寫出千變萬化，寫鄉下人應該也可以寫得多采多姿。我還覺得自己寫到興頭上，小說裡那群男男女女老老小小，總會輪番地跑到我跟前，向我嘮叨個不停，把我拉過來扯過去，說他要這樣不要那樣，或要那樣不要這樣。我心裡明白，謀篇布局若有怠慢疏失，他們絕不會輕易放過我。

不管是那個用電話抓賊的胖警察、為孩子收驚的紅頭司公、打老婆的大丈夫、被村人視為放送頭的阿春姨、水鬼投胎轉世的哥哥、右手多出一隻拇指的土匪頭、死後仍穿著木屐幫村人巡更的阿接哥、專門埋死嬰的天送仔……，可全是村人最熟悉最親近的鄰居和長輩，他們縱使蒙住眼睛也能找到我。

因此，某些小說完稿後，故事歷程及結局往往不是我原先所構思者。為什麼？小說裡那些角色亦如現實人世，志同道合者樂於聽你差遣，跟你勾肩搭臂；而天生反骨者則各具主張各懷成見，任誰都扭轉不來。

這也教我了解，小說寫作光會變把戲、充當說書人，似乎不算稱職。所以我想了又想，自己好像比較喜歡做為神明附身的乩童，畢竟他比魔術師或說書人，更有本事跳脫囚禁自身的軀殼。

有時候，在讀到或寫到蒼老、疲憊、衰敗、健忘、遲鈍這些字眼，即懷疑那槍口刀尖正瞄準自己，企圖逼迫我掩卷擱筆。驚嚇之餘，不免回頭省思，自己若成乩童，面對某某大帝、某王公、某某元帥、某太子等諸神明，無一不是幾百歲幾千歲高齡，祂們照舊神采奕奕地環視眾生，而我算老幾，哪來資格把那些頹唐的形容詞朝身上攬？

於是，日趨僵直的手指立刻得以靈活使喚，痠痛沉重的腳掌馬上能夠輕巧地彈跳，文乩執筆如持炷香，武乩操控滑鼠如揮舞七星劍流星錘，皆具十足架勢。縱使伏案抽搐而不言不語，縱使開口吟唱說了一時不容易教人聽得明白的話語，還是讓傾聽者多少有所了悟，找到自己想要的答案。

報紙副刊、文學雜誌提供版面，以及類此輯印成書的小說集，猶若乩童身邊那個即席翻譯者「桌頭」所錄製的呈堂證供，將大家認為隱晦含混的話語，用白紙黑字做更詳盡的披露和詮釋。

到此刻，我終於確認，自己伏案寫作那些時刻，扮演著什麼角色了！

目次

電話抓賊

五、六歲的時候，鄰居有間房子突然變成警察派出所。先來個胖胖的警察，負責張羅設置。

工人在屋簷和門楣之間，釘了一塊漆繪好的木板，上面畫著一隻展開翅膀的鴿子，跟警察帽子上的徽章一模一樣。在鴿子尾巴下方，又裝了個伸長脖子的燈座。

我們這種偏僻的鄉下，不開小吃店，也不開雜貨舖子招攬生意，沒事兒在屋外弄一盞電燈，看來確實比一般住戶氣派。更沒料到，那旋上燈泡的燈座外面，還特地多罩個紅色玻璃球。

玻璃球原本像顆剝了外皮的大柚子，電燈師傅跨坐在長條椅上，用毛刷朝玻璃球內層塗抹薄薄的紅漆。等到夜黑，白色大柚子立刻變成一盞紅燈籠。

除了這顆獨特的紅燈籠，派出所後方菜園和遠近的稻田裡，很快豎起一列望不到盡頭的電桿，一根根浸過柏油的圓杉木，黑得冒出汗珠。每根電桿靠近頂端部位，都用粗壯的螺絲拴上橫木，橫木兩頭各站著一粒白瓷礙子。兩條同樣望不到源頭的紅銅線，分別騎在白瓷礙子脖子上，一路閃爍傲人的金亮。

村人心裡不免嘀咕，大張旗鼓地栽下那麼多電桿，還拉來那麼長的紅銅線到派出所，究竟要做些什麼？

那個年代，村裡半數家庭已經裝有電燈，派出所那間房子並不例外。點亮電燈所需要的電線，早從更高更粗的電桿上溜滑梯般被拉下來，躲進屋簷下攀住兩路倒掛的礙子，挨家挨戶去串門子。派出所如今幹麼還要新栽一排電桿，再拉上兩條新燦燦的紅銅線？真奇怪。

路邊擺攤的阿接哥跑去問那個胖警察，從胖警察口中才知道這新栽的一路電桿和電線，是專門用來接通派出所電話。至於什麼是電話？胖警察告訴阿接哥：「電話是一種機器，可以讓兩個不住在一起，也看不見對方的人互相交談，我說你聽，你說我聽，甚至雙方吵架鬥嘴都行，都能講得清清楚楚，聽得明明白白。」

胖警察這一番說明，簡單扼要，足夠讓阿接哥裝模做樣地像個有學問的專家，逐一為心存疑惑的村人講解大道理。至於同樣拉了電線，電話為什麼非得跟電燈分家？阿接哥並不了解。他只能自作主張地把道理延伸說：「可不是嗎？你在這一頭講話給那一頭的人聽，那一頭的人要說些什麼讓你知曉，必須一來一去，有來有往，兩邊的話才不會打結纏到一起，所以那電桿上非得牽兩條紅銅線不可。如果，那些來去的話語，統統擠在一條紅銅線上，便會像故事裡說的，村頭村尾兩頭羊搶著過獨木橋，肯定面對面撞個正著，不掉下河去才怪。」

阿接哥和絕大多數村人，都沒讀過書。如今他能懂得什麼是電話，大家當然不能輸他，於是經由胖警察和阿接哥這一番開示，彷彿給村裡的大人小孩來個醍醐灌頂，每個人自以為一下子全明白了。儘管心裡頭仍有些糊塗，也不能不以為清清楚楚。

幫派出所裝電話和裝門燈的師傅，並非同一個人。電話師傅比較年輕，開口閉口都管胖警察叫長官，他花了不少時間把電話釘牢在牆壁上。

這電話由一塊木板、兩個木箱組成，上頭大一點的長方形箱子，併排旋緊兩個腳踏車鈴鐺，活像人臉上那雙瞪得大大的眼睛。兩眼之間，夾著一根比火柴棒稍大些的小棒槌。師傅說，有人打電話進來，它會左右擺動，敲擊鈴鐺通知大家。

鈴鐺下方，可能是師傅忙忘了在這電話臉上裝個鼻子，竟然直接嘛起一個喇叭嘴。木箱兩側該長耳朵的位置，長出一對不一樣的耳朵。左邊是一支能轉動的搖柄，想要和誰說話，先轉動這個搖柄，透過紅銅線傳出訊號，去敲響遠方總機的鈴鐺，總機才知道幫你轉接；而箱子右邊，吊掛著一支模樣像手電筒的，是隨時可以拿下掛上的聽筒。

至於下面另一個較小的方形木箱，外表沒有任何裝飾，裡面擱著兩個鳳梨罐頭似的大電池。

年輕師傅接好電話及電池線路後，快速地搖了幾圈搖柄，一面拿取聽筒貼住耳朵，一面將嘴巴對準那嘛起的小喇叭，嗚嚕哇啦地講了一陣。接著掛回聽筒，要他那個胖長官試試。胖警察同樣搖轉搖柄取下聽筒後，對著小喇叭告訴總機，說他要向分局督察報告設置派出所的進度。

如果他們不是警察，不是裝電話機師傅，這些經過看在我們這群小孩子眼裡，總覺得有如變把戲的魔術師和收驚的紅頭司公在裝神弄鬼。等到各自回家，有些阿公阿媽聽到相關描述時，還是有人堅持，除非那個裝了大眼睛和大嘴巴的木箱子，大到足以躲個人應聲，否則便是胖警察在唬弄小孩子，唬弄戆百姓。

到了第二天，我們在派出所門口的石子路上玩得正起勁，突然一陣鈴聲響起，彷若雲朵上跳下來個神仙，揮動拂塵施出定身法術，瞬間將整群戲耍嬉鬧的小猴子，包括附近擺地攤的阿接哥，全都凍在原地，一起轉動腦袋，向派出所方向楞瞪著眼珠子。

胖警察倏地站了起來，圓滾滾的肚子把剛拉開的抽屜猛地頂了回去。當他取下電話機聽筒那一剎那，鈴聲戛然而止。接著便看到胖警察站在電話前，必恭必敬地對著喇叭嘴，「是、是、是」應個不停。

好奇心卸掉枷在孩子身上的魔法，大家一窩蜂朝著派出所攏去，每個人都想把耳朵貼近話筒。但胖警察個頭大，我們又長得不夠高，只能隱約聽到有個人在很遠的地方說話，又像是尖嘴蚊子在頭頂盤繞。

就在胖警察一邊猛點頭，一邊對著話筒不斷地重複著「是是是」、「知道知道」的當兒，阿接哥逕向派出所屋後奔去。孩子們串了線似的，一個接一個跟著鑽到屋後菜園裡，去盯住架在電桿上的紅銅線。

每個人把視線盡往天空裡瞧，阿接哥把頭歪過來歪過去，又忙著張開十個手指頭，爪子般地胡抓著乾草似的亂髮，然後搖搖腦袋，無奈地表示他看不出什麼動靜，便調頭走人。

還是我們小孩子眼尖，大家都說看到那兩條綁在白瓷礙子頸脖上的紅銅線，會有一陣一陣細微的顫動，同時閃爍金亮。

可惜瞧了大半天，也僅僅是那似有似無的顫動和閃亮，再沒發現其他任何動靜。既沒看到胖警察和對方的話語在銅線上跑來跑去，更不曾聽到任何聲音從紅銅線上跌落下來。

倒是有幾隻麻雀，照舊氣定神閒地站在不遠處的銅線上，吱吱喳喳吵個不停，等我們逼近了，才不慌不忙地把尾羽朝下點了點，撇下鳥屎再振翅飛走。

回到胖警察辦公室，他已經把公路局班車丟下來的報紙攤在桌上，拿著一枝紅藍鉛筆仔細閱讀圈點。我們攏過去問他，剛才講電話時可曾在電話裡聽到吱吱喳喳的麻雀叫聲？

胖警察先是用那雙被肥肉擠成細縫的眼睛，逐一地掃描我們，順便朝牆上電話瞧了一眼，隨即抖動肥碩的雙下巴，張開嘴哈哈大笑，反問說：「你們這些小鬼，怎麼知道我們分局長講起話來像麻雀叫？」

等我們把觀察結果，告訴天天窩在村長雜貨店走廊下棋的那群大人時，竟然也引發他們一場議論。

有人說：「不可能！絕對不可能！紅銅線那麼細，什麼話走在上頭能不摔下來？一定是你們年紀小還沒上學，跟我們這些沒讀過書的大人一樣，聽不懂那些北京語！」

還有人斬釘截鐵地推論：「警察派出所裝那兩條紅銅線，應當只是做做樣子，耍點威風，騙騙我們這些戇百姓。要不然電燈姓電，電話也姓電，兩個姓同祖公，讓電話和電燈的電走同樣的線路不就行了，何必抓貓過戶限，多費一番手腳？」

「嗤！」村長顯然不認同這種說法，他說：「木頭桿子和紅銅線能耍什麼威風？人家那麼做一定有他的道理呀！再說，電燈的電會麻人，電話和電燈接在同一條上，誰還敢去講電話、接電話？」

那個說電燈和電話同個祖宗的老人，意猶未盡地補充：「我還是認為警察在嚇唬我們。聽説他們好的沒學到，卻跟日本刑警學到接電線麻小偷，麻得小偷哀爸叫母，不得不乖乖招認。派出所牽來兩條紅銅線，目的就是為這個呀！你們還不相信？」

有人跟著猛點頭表示認同，還說：「如果説講話要用到電線，現在我講的你們都在聽，村長講話我們也聽得到，中間怎麼就不用牽什麼紅銅線白銅線？真是騙我們鄉下人！」

大家你一言我一語，面紅耳赤爭論個半天，似乎已經忘掉棋盤上的帥仕相俥傌炮。最後才由村長下了個結論說：「會花錢豎那麼多電桿，牽那麼長的紅銅線，肯定有那個必要！這電話絕對是用特別高強的技術所做出來的科學機器。否則，胖警察和他上級通電話，隨便人站在電線桿下面就把話聽光光，怎麼去保密防諜？」

隔沒多久，鄰居當中出了一個中學生，這個很會讀書考試的大哥哥，是我們這群小蘿蔔頭的活字典，很多事他說了算，不管說神說鬼我們都信。當他看到大家對電話那麼感興趣，便告訴我們說，電燈和電話雖然都有個電字，但它們的原理、構造及功能並不相同。電燈是一個叫做愛迪生的美國人所發明，電話則是英國人貝爾發明的。

可最後那句誰發明的話，還是讓我們半信半疑。理由很簡單，不管那發明家是愛男生愛女生，或是背著兒背著孫，我們都知道那美國和英國離我們臺灣十萬八千里遠，隔著很大很深一片大海，這兩個紅毛仔又不是神仙，怎麼可能找來那麼長的紅銅線牽到我們村裡來？

村中老老小小對電話的諸多議論，一直等到派出所裝好電話好幾個月後，自動平息了。原因是，這電話終於彰顯了大大的神威。村人甚至認為，比海邊王公廟的三太子還厲害千百倍。

話說某天清晨，阿春姨才放出圈養的雞群，立刻被一個騎腳踏車的過路賊抓走兩隻大閹雞。站在路邊尿尿的阿接哥瞧見，原以為是來收購的雞販，卻見那偷雞賊發狂似的奮力踩著腳踏車離開，朝宜蘭街方向急馳而去。等阿接哥回過神察覺不妙，連聲高喊：「抓賊仔哦！有人偷抓雞，大家趕緊出來抓賊仔哦！」那賊已經不見蹤影。

阿春姨跑去叫醒胖警察，要他趕緊騎腳踏車追偷雞賊。上身還穿著衛生衣的胖警察，睡眼惺忪地用雙手搓揉著臉頰上兩坨麻糬般的肥肉，一面溫吞地安慰阿春姨說：「莫急，莫急！」

阿春姨氣急敗壞地喊著：「賊仔已經跑得不見人影，還叫我摸雞摸雞？那可是我留過年的閹雞哩！教我怎麼能不急？」

胖警察穿上搭晾在椅背的制服，並沒有照阿春姨的意思把腳踏車牽出去追賊，反而轉身去搖電話，嘰哩哇啦地把情況對著電話上的喇叭嘴講了一通，就叫阿春姨回家等消息。

阿春姨哪肯罷休，她氣呼呼地繼續催促胖警察騎腳踏車追賊，卻發現胖警察並不搭理，她只能一個人氣得渾身發抖，癱坐在辦公桌對面的藤椅上。

胖警察說：「那妳就在這兒歇著，我去幫妳泡壺熱茶。」

二十幾分鐘過去，阿春姨嘴裡不停地叨唸著那兩隻閹雞是她的寶貝，是她花了很多工夫才養大牠們，胖警察也只能夾帶著些許睡意賠笑臉。

等到牆上電話響起，胖警察對著電話上的銅喇叭嘴點頭稱謝後，轉身笑嘻嘻地告訴阿春姨：「我說莫急莫急可沒騙妳，妳的閹雞寶貝找到了！那個偷雞賊還來不及踏進宜蘭街，在變電所橋頭就被抓了。」

於是，電話會抓賊哩！管你偷雞賊跑得再快，快得像戲裡的神行太保，也跑不過電話耶！這些話經由阿春姨四處嚷嚷，很快便讓整個村的人見識到電話的厲害。

阿春姨還說：「那電話真是神奇，初一十五不用對它燒香也不用奉茶，年節不必拜四果也不必準備牲禮款待，竟然比廟裡三太子靈聖，比飛毛腿厲害。不管偷雞賊跑得再快，跑得不見人影了，電話照樣能抓到他。嘿，哪天等我老尪發了財，一定在牆壁上裝一臺！」

裝電話，很快成為一些村人的日夜想望。雖然，他們始終想不出來裝好電話以後該打給誰？

若是被逼急了，幾乎所有人的答案都是：「至少可以打給胖警察，請他抓賊呀！」

井底的美國鬼

1

本來我們都以為，世界是平的。不但學校牆上的世界大地圖這麼畫，在整個鄉下不管我們朝哪個方向走，走得好遠好遠，走到兩腿痠軟，肚子餓得發昏，回過頭，竟然照樣瞧見鄉公所廣場那兩棵高高的青仔叢。

我認識的童伴當中，沒有人離開過宜蘭而到過其他地方，可是有很長一段日子，大家幾乎天天都喝得到美國人送的牛奶，儘管那是用一袋袋脫脂奶粉沖泡煮滾的，卻讓每個人齒頰留香。我們有很多人身上還穿著美國人穿過的衣服和褲子，因此在印象裡，總覺得美國人好像就住在山的另一邊，走幾天幾夜的路過去，對小孩子來說可能遠一些，如果換成大人肯定不算太遠。

直到升上二年級的某一天課間操，校長突然不帶著報紙去蹲廁所，反而抱著一個用三腳架撐住的彩色大球走上升旗臺，貼近麥克風呼呼地喘著氣說：「各位小朋友，注意看這裡，你們有誰知道我手上拿的是什麼東西？」

整個操場突然鴉雀無聲，過了好一陣子，才有個高年級生怯怯地冒出一句：「是彩色大氣球！」

這話一出，立即有更多的小朋友邊舉手邊搶著回答，各自說出自以為是的答案，有說是塗油漆的躲避球，有說是變魔術用的工具等等。

「不對，不對！統統不對！」

針對這些答案，校長先是把頭搖得像被颱風掃到的青仔叢，東甩西甩的，最後才貼近麥克風說：「各位小朋友，我手裡拿的是縣政府教育科剛發給學校的地球儀，這個地球儀就是整個地球的縮小模樣，藍色的地方是海洋，綠色和黃色部分是陸地，世界上所有的國家都可以在這個地球儀上面找到。

「大家仔細看，這裡是臺灣，如果把它放大很多倍很多倍，這裡正是大家現在站的地方，」校長用指頭往那個彩色球的肚子戳了兩三下，然後把球轉了半圈，又指著球肚子說：「而這裡是美國，它是全世界最強盛的國家，也是世界上跟我們最要好的朋友。」

校長接著把地球儀轉回臺灣那一邊，讓它對準太陽之後，向我們解釋，臺灣現在是白天，而美國因為太陽照不到，這個時候便是晚上。校長怕大家不明白，把地球儀交給身邊帶領我們體操的老師，然後重複剛才說過的話，最後還指著自己腳尖，用力跺一跺那雙沾滿塵土的皮鞋強調：「美國人就住在我們腳底下，這個時候是他們的夜晚，大家都躺在床上睡覺。」

經由校長這一跺腳，總算讓所有的小朋友永遠記住地球是圓的，而且在我們學校操場底下，正住著美國人，只要大家同一時間用力跺腳，恐怕睡夢中的美國人都會以為地牛在伸懶腰或打噴嚏。

如今，明白美國人住在我們腳底下，似乎比原先以為住在山的那一邊更近了。於是美國人真的成了我們心裡最親近的好朋友、好鄰居，跟學校門口的糖果店老闆，或附近專門埋葬小孩的天送伯，已經沒什麼差別。

如果有哪個班級太吵鬧，馬上會有其他路過的小朋友從窗戶探個頭，告訴他們：

「你們班太吵了，人家美國朋友還在睡覺哩！」

放學的路隊裡，有人尿急跑到野地朝個土坑撒尿，馬上會被提醒：「小心一點，你要是把尿灑到美國總統頭上，他一定會用大砲轟掉你的小雞雞！」

還有一回，幾個工人在路邊挖排水溝，我們路隊隊長竟然靠過去告訴那個揮動十字鎬的中年人說：「阿伯，你們不要挖太深哦，挖太深會把美國人的摩天大樓弄倒了！」

幾個工人聽得莫名其妙，立刻停下手裡的工作，杵在那兒你看我我看你，那個中年阿伯才朝著我們路隊長問道：「猴囡仔，你聽誰說，挖水溝會弄倒美國人的樓仔厝？」

「我們校長說的呀！」

那群工人聽到一隊小朋友竟然異口同聲這麼回應，又是一陣錯愕，彼此面面相覷。

中年阿伯不死心，追著路隊後頭繼續問：「你們校長到底是怎麼說的？」

「我們校長說，地球是圓的！我們腳底下就住著美國人。」

大家就這樣把「地球是圓的」常識到處宣傳，很快地傳遍全村。連圳溝裡掏爛泥抓泥鰍的，都會聽到不能掏得太深的良心建議。

甚至有人受了委屈，一時討不了公道，為了給自己留點面子，也不會忘記撂下一句：「沒關係，地球是圓的，大家相遇得到！」

2

學校操場東側，有一口古井，聽說沒有人知道它有多深，打水要靠一個繫著長繩索的鐵皮水桶。校長嚴格規定，學生們不可以接近古井，違反規定會被用藤條打屁股。

校長的說法是，古井深不見底，一不小心掉下去，就會死翹翹，尤其小朋友個兒小，很容易被盛滿水的鐵皮桶拽到井裡。因此他規定，必須是工友伯伯或老師才可以用那繫著繩索的鐵皮水桶，伸進古井提水。

有了地球是圓的觀念之後，我們才知道校長和老師不讓大家靠近古井，應該是怕小朋友被井底那一頭的美國人抓去！村子裡的阿春姨就聽說，第二次世界大戰很多美國人被日本人和德國人打死了，到處都有美國人想抓小孩子回去養。

古井邊去不得，平時我們上完廁所洗手或放學掃地灑水，就從廁所邊的洗手臺水龍頭取水。磚砌的洗手臺，外觀就像我們上了中學時看到的鋼琴那樣，高高聳起的部分就是蓄水池。每天我們上學之前，工友伯伯會從古井提水過來裝滿它。

只有每學期期末大掃除，或是督學來視察前一天，才准小朋友靠近井邊，由工友伯伯從古井裡拎水上來，倒進小朋友的水桶裡。

班上的小個子阿添，最頑皮也最具膽量，他放學牧牛經常站在牛背上，牛隻一路朝前走，他一路模仿野臺戲裡武打角色，比手劃腳地戲耍。尤其他身上穿那件美國人救濟的特大號褲子，隨風飄蕩開來，更像極了穿著戲服的演員。

事實上，只要是從鄉公所領到的美援物資，不管是帽子、襪子、衣服或褲子，每一件都寬大無比。我鄰居就領到一件夾克，那個老阿公一到冬天就把它當大衣穿，誰也看不出來衣服裡頭還窩藏著一個燃著木炭的火籠。

阿添不愛讀書，上課總是不專心，從一年級開始就是全班最讓導師頭痛的人物，但導師也常誇他有很多長處，像他力氣大、做事勤快，都是其他小朋友所不及的。因此學期末大掃除需要靠近古井從工友伯伯手中提水回來的事兒，都是他自告奮勇去的。

暑假前一天大掃除，阿添拎完幾桶水回來後，便悶不吭聲地坐在花圃旁邊。我發現他臉色出奇的蒼白，臉上手臂都滲出大粒大粒汗珠。我問他要不要向老師報告？或是直接帶他到保健室找護士阿姨？

他接連地搖頭，然後小聲告訴我說：「你千萬不能說出去，我剛才提水時趁著工友伯伯去廁所尿尿，偷偷扒住井沿朝井底探頭，想看看地球那一邊的美國人長什麼樣子，結果井底突然冒出一個渾身黑漆漆的美國黑番，他正探頭瞪著我。我大聲問他，你是啥人？那個美國黑番不但更大聲地學我說話，問我是啥人？還很快地變成幾十個幾百個奇形怪狀的大小黑番，把我嚇得差點尿褲子。」

第二天放暑假，照說阿添應該站在牛背上，吹著口哨從我家門前經過才對，何況大家早說好要到宜蘭河橋上看他表演跳水哩！可到了天黑還沒見到人影。

吃過晚飯，全村老老少少坐在自家門口乘涼時，村裡的「放送頭」阿春姨告訴我媽媽，說阿獅嬸那個屘仔囝可能被美國鬼給沖煞到，整天不吃不喝只冒冷汗哩！我媽弄不清楚村裡何來美國鬼驚嚇小孩，我就顧不得阿添的吩咐，先說了校長那番地球是圓的道理，再把阿添趁工友伯伯尿尿時，如何扒在古井邊沿和美國黑番大聲呼應的事兒全說了。媽媽和阿春姨的結論是，阿獅嬸應當趕快帶孩子向古公三王求助。

結果，古公廟廟公建議阿獅嬸說，幫囡仔收驚收魂的事兒，找紅頭司公就妥當，不必驚動王公。

村裡的紅頭司公聽說是廟公推薦的，不好再把差事推還給古公三王，只能硬著頭皮點頭，卻也不忘把醜話說在前頭。他告訴阿獅嬸和陪同前去的阿春姨：「你們都知道，我從小眼睛看不見，沒讀過書，不會說美國話，也不曾跟外國鬼仔打過交道，恐怕使不上力哩！」

阿獅嬸把眉頭鎖得更緊，下巴都快頂到自己胸口，原本只在眼眶裡打轉的淚水，啪嗒啪嗒地掉到泥地上。所幸阿春姨善於幫腔，把阿添朝前推，緊貼紅頭司公身邊，還趕緊接上幾句：「人家都說，能做神做鬼的，大概什麼話都聽得懂，我相信不管美國鬼、日本鬼，聽到你紅頭大法師名號，再等你手裡搖鐘一響，龍角一吹，伊肯定三步併做兩步跑，再也不敢亂來。」

「話是不錯，請得到的各種神明都有祂們的神力，但你們量量看，那美國鬼能穿那麼大件褲子，唉——」紅頭司公輕扯著阿添身上像裙子般的寬鬆褲管，長長地嘆了一口氣，接著又晃了幾下腦袋：「伊一定長得像日本相撲選手力道山那麼高大健壯，萬一傲橫起來就不妙了！」

「唉呀！師父這你免驚了。大家都知道美國人還不是跟咱同款，一粒頭、兩隻手、兩蕊眼珠、一張嘴，同款是兩隻腳夾一粒卵葩，這褲子是比咱們的大很多，但它只是方便放屁消風呀！美國人愛吃油腥自然屁多，要不然人家怎麼會說美國人若到齊放個屁，臺灣就會做風颱！阿督仔大概怕放屁把褲子炸破，所以每條褲子都大得可以藏一頭牛哩！再說，美國人又不是蘇俄大鼻子，跟咱政府結冤仇。美國和臺灣像兄弟，才會給咱美援，送咱一大堆免料的奶粉和衣服，想那美國鬼應當不會和咱的囡仔相計較才對！」

紅頭司公說不過阿春姨，再看到守寡的阿獅嬸和她小孩滿臉無助的可憐模樣，只好點頭送客，說學校既然放假了，傍晚帶大家到古井邊收魂吧！

3

夏天日頭長，快下山的太陽照樣晒得人頭昏眼花。大多數村人還蹲在田裡園裡忙碌著，主婦們在灶坑前團團轉。紅頭司公由他那兒子徒弟用根竹棍子牽到古井邊時，阿獅嬸和阿添已經捧著一捆紙錢等在那兒。

很多年來，紅頭司公經常站在水溝邊或涵洞口幫村裡的小孩收驚收魂，大家早已司空見慣，除了當事者家人，根本不會有人去當觀眾。不料阿春姨趕到的時候，後頭卻跟了好幾個鄰居，說這回紅頭仔要跟講ＡＢＣ的阿督仔鬥法，招數可能不一樣。大家都想看看紅頭仔如何跟那個穿放屁褲、住在古井底的美國黑番打交道？沒多久又陸續來了一些人，很快就把古井圍了兩圈。

平日裡紅頭仔不管在什麼地方收魂或收驚，通常家長們會把小孩子支開，說小孩元氣不足容易沖煞犯邪。這回大人自己好奇在先，也就忘了人群當中有幾個阿添的同學存在，我跟鄰居兩個高年級生硬是擠進人縫裡伸出腦袋。

我們腦袋伸出去的地方，正巧在紅頭司公和他兒子中間，看得清楚也聽得清楚。只見父子二人雖然各忙各的，卻井然有序，司公從布背袋內取出紅頭巾包在頭上，他那兒子徒弟則忙著教阿獅嬸母子拆摺紙錢。

等司公披好道袍，點了三炷香朝天地拜了拜插在井邊之後，立即把斜掛胸前的牛角對住嘴巴，鼓足氣「嗚——嗚嗚——」地吹響，緊接著「噹、噹、噹……」地搖晃握在手上的小銅鐘。

那銅鐘顯然比學校工友伯伯搖著叫我們上下課的木柄銅鐘小很多，卻精巧漂亮許多。尤其那銅鑄手把頂端，還分出三叉戟，想必是用來戳死妖魔鬼怪的，夠厲害。

紅頭司公嘴裡唸唸有詞，可惜有很多連大人都聽不懂，還是事後有人跑去問廟公，我們跟在屁股後頭才聽到一些。廟公瞇著眼睛說，司公唸的內容不外是——

拜請，拜請！上宮收魂王大母，中宮收魂王母娘，下宮收魂狐狸師等等神仙。然後再請來五營兵馬，天兵地將和千千萬萬聖賢，一起幫著向鬼怪索討被驚嚇擄走的三魂七魄。接著祝禱阿獅嬸的後生，能夠頭上有厄頭上解，雙手有災雙手消，雙腳有難雙腳除。最後，一定會要阿獅嬸仔等大叫三聲，魂快轉來！魂快轉來！

我和鄰居小孩都愛現，忍不住插嘴告訴廟公，說我們也都幫著叫很大聲。廟公這才厲聲警告我們：「小孩子不可以隨便看司公收魂！」

廟公一這麼嗆聲，我把本來想問他的一些話即刻吞回肚子裡，只偷偷地告訴身邊童伴，其實司公在唸那些古怪的神仙名字時，好像還重複了幾次拜請齊天大聖孫悟空呢！

沒想到半閉著眼睛的廟公，耳朵竟然很靈光，就在我們背後撂了幾句：「戇囡仔，齊天大聖神通廣大，曾經護送三藏走過很多國家去西方取經，一定精通很多種語言，紅頭仔請來孫悟空當翻譯，沒什麼不對呀！」

看來，紅頭司公這次收魂確實有別以往。過去受驚嚇被收魂的小孩並不需要到現場，最後只要紅頭仔拎著孩子穿過的衣服在金火堆上兜兜圈，由家人跟著喊三遍「某某人的魂快轉來」，整個儀式就算完成。但這回直接叫阿添穿著那件放屁褲跨過井邊的金火堆，也只算完成一半的儀式，他還繼續領著阿獅嬸、阿添，和我們這些趕不走的觀眾，朝著附近的宜蘭河走去。

到了河邊，紅頭司公面向河道重複一遍在古井邊做過的法事，只是他嘴裡唸的詞句已經明顯不一樣。河邊風大，誰也沒辦法把話聽得很清楚，只能你一句我一句地湊出一些。例如，拜請的神仙裡頭，這回多了個水仙王，還強調說天上人間欠帳還帳攏是公道，小小孩童穿了美國老大公的衫褲乃無心之過，如今能夠借衫褲還衫褲，從今而後自當永不相欠，請美國老大公好兄弟大人大量，保庇伊林阿添很會讀書，趕緊長大去學ABC……。

吹完牛角號，大家都以為整個收魂儀式完成了，卻見紅頭司公轉個身，要站在他背後的阿添把褲子脫下來。

對這突如其來的要求，阿添驚慌得不知道怎麼辦，趕緊把手護住繫在褲腰上的布條，雙眼不斷地在紅頭司公和媽媽臉上打轉。阿獅嬸慌張神情同樣掩飾不住，因為褲子一脫，孩子就光著屁股了。在那個年代，為了省些布料錢，連大人都不興穿內褲，小孩子當然沒內褲穿。還是阿春姨機靈，她安慰阿添說：「囡仔肞光屁股有什麼關係？你那小鳥還沒長翅膀，誰會看你？這回光屁股，是向美國老大公展現咱的誠意呀！表示咱是誠心誠意要把褲子還給他呀！」

她看阿添猶豫不決，便把嘴巴湊近他耳朵，細聲細氣說：「戇囡仔，這件放屁褲都快穿破了，夠本了。再說舊的不去新的不來，你還給阿督仔臭尿臊的舊褲子，你媽媽才會再縫一件新褲子給你呀！」

紅頭司公跟著解釋：「欠帳還帳，走到天邊海角都有理，但欠外國人的特別麻煩，大家話語不通，搞不好債還了他還賴，這回你赤著尻川讓那個督鼻仔看明白，正表示咱已經把欠他的還光光了。」

圍觀的幾個大人相繼點頭。阿添只好脫下那件放屁褲，光著屁股躲到阿獅嬸背後，阿獅嬸認為小孩子沒什麼好害羞，硬把他往身旁撥，最後阿添只能用雙手摀住胯下的小鳥。

其實，真的沒什麼好害羞的，平日我們常偷偷到水溝或溪邊玩水，怕濕了褲子回家挨打，每個人都是脫得光溜溜下水，誰也不會認為別人的小鳥有什麼好看。

那紅頭司公嘴裡唸唸有詞，拿著阿添的放屁褲繼續做起法事。約略可分辨出他重複了兩次：「天公地公三界公，眾神明鑑，林阿添欠美國老大公的債馬上就要還了了，也請美國老大公將阿添的三魂七魄放伊轉來！一手來一手去，從今以後兩不相欠！」

這時突然瞧見紅頭司公把手裡銅鐘急遽搖晃好長一陣子，使銅鐘叮叮噹噹的清脆響聲，宛如西北雨打在鐵皮屋上那麼急促；阿添脫下的放屁褲被紅頭司公另一隻手拎著打轉兜圈子，放屁褲像被繫住一隻腳卻不斷想奮力振翅掙脫繩索的大鳥。銅鐘聲響得越急，那兜著圈子的放屁褲也越轉越快，說時遲那時快，日常一直緊閉雙眼作法的瞎眼司公，竟然睜開看不見黑眼珠而布滿血絲的白眼球，並在抬起右膝蓋用力地朝泥地上跺腳的同一剎那，嘴裡吼出令人驚嚇的一聲「咄」！

大家就看到原先在紅頭司公手裡不停打轉的放屁褲，彷彿一隻疾飛掠過頭上的大鳥，展開翅膀飛到河中央。

在眾人的目光中，那件寬大的放屁褲不急不緩地平攤在水面上，順著河水朝下游流去，彷如有人穿著它仰泳漂浮那般模樣，在夕陽推送下朝著出海口流去。

圍觀的村民個個看得目瞪口呆，無不佩服這紅頭仔的功力。在你看我我看你地交互點頭讚歎中，結束了這場收魂儀式。

4

當阿獅嬸悄悄把紅包搋進紅頭司公的口袋時，紅頭司公像個沒事人那樣，一手扯下繫在頭上的紅布巾，一手搭在他兒子肩上，往回村子的路上走去。

光著屁股的阿添，還幾次調轉腦袋，朝映著亮光的河道張望。這時，河面上只剩下最後一抹夕陽的稀微光燦，似有似無。

阿獅嬸由阿春姨陪著走在隊伍後頭，照舊鎖著眉頭默不吭聲。阿春姨勸她：「一切功德圓滿，應該歡喜才對。」

這時，阿獅嬸才貼近阿春姨偷偷地透露心事，說她突然想到，早先從教會領回來那條褲子時，見它又大又長，便把剪下來的兩條半截褲管，拆拆縫縫讓阿添的姊姊穿在身上。

她囁囁嚅嚅地朝著阿春姨咬耳朵：「應該說在阿添脫下褲子的時候我就想到了，但我不敢向紅頭仔說，畢竟阿添的姊姊是個查某囡仔，也比阿添大幾歲，總不能叫她跟著脫光呀！」

阿春姨安慰說：「唉呀！妳不用想東想西，人家美國黑番只向阿添討褲子，又沒向妳女兒討衣服，妳就安一百個心吧！等將來女兒嫁個有錢人家，再多買兩件新的放流大海吧！」

阿春姨嘴巴說得好聽，心底難免有些疙瘩，第二天一大早便直奔紅頭司公那兒，問他說，不知道那個美國鬼收到咱送還的褲子，發現長褲少了一截變成短褲，會有什麼反應？

沒想到紅頭司公倒是意外地鎮定，把吸到胸腔的香菸吐個乾淨後，才慢條斯理地應著說：「嘿，天照甲子繞，人照道理走，不管哪一國的人，人心攏總是肉做的，只要對方是誠心誠意、盡心盡力清償債務，再去計較還多還少，那就說不過去了！何況人家美國老大公有的是美金，會跟林阿添要褲子也許是面子問題，他又沒跟阿添仔的姊姊討！」

阿春姨看到紅頭司公老神在在，心底那塊石頭也放下了。於是扳著紅頭司公的肩頭，附耳悄聲問了一句：「紅頭仔，你沒讀過ABC，和那美國鬼話語根本不通，講實在，你是怎麼跟那美國鬼說的？他怎麼可能聽得懂？」

臉上很少有表情的司公，聽到阿春姨這麼問，滿臉皺紋統統鬆軟開來，朝著阿春姨笑著說：「該講的我都誠心誠意地交代了，我想那個美國老大公就算聽不懂我的話，聽聽我的口氣也應該明白才對！」

阿春姨正想稱讚兩句，紅頭司公卻接著說：「阿春仔，人家美國老大公又不像妳，妳年輕的時候，我說的話妳明明白白聽得一清二楚，還假裝不知道哩！」

阿春姨覺得臉上有些發燙，這是很多年沒有過的感覺，雖然紅頭司公看不見她的表情，她還是有點害臊地把臉側到一邊，捶了一下紅頭司公的肩頭。

「我又不是吃飽太閒，哼，不跟你這個紅頭仔練肖話了！」

大丈夫

鄉公所被歐珀颱風吹垮的前幾年，每到日落時分，總有一大群蝙蝠從這棟日本人建造的木構瓦房簷下鑽出來，張開翅膀掠過人們頭頂，在廣場上空兜著圈子。我們這群還沒上學或剛放學的小蘿蔔頭，如同那群按時間出沒的黑色蝙蝠，聚集在鄉公所廣場和周遭的花木之間，穿進穿出地玩捉迷藏。

這種近乎例行性的遊戲，每每會被一個叫大丈夫叔叔的打罵老婆鬧劇所中斷。大家跟隨大人屁股後面，擠到村長雜貨店走廊看熱鬧。

從圍觀人群中，斷斷續續傳出來一個女人的哭泣聲。被村長和兩個鄰居攔在圈子外面老遠的，正是那個大丈夫叔叔。他一手插腰，一手握把菜刀像忙著剁碎蒜頭蔥花那樣抖動，漲紅的臉朝著哭聲來處，罵咧咧地重複著我們小孩子說了肯定挨打的一串髒話。

這個愛喝酒的大丈夫叔叔，粗手粗腳，被太陽晒透的國字臉盤，黑裡泛著紅光。他慣用特大的嗓門說話，尤其是罵老婆。只要一張嘴，打老遠就能聞到從他肚腹散發出來的酒臭。

大丈夫叔叔打罵太太全村出了名，連我們小孩子都知道，他像學校排好功課表那樣，每天照著三頓飯打罵。其中，以晚餐整瓶老酒下肚後最蠻橫，往往順手抄起扁擔或拎著菜刀，把老婆屋前屋後地繞著圈子追打，甚至沿著窄細彎曲的田埂，一面追一面罵。

村人只能遠遠地看著田埂上一前一後奔跑的身影，誰也插不上手。夫妻兩人幾次滑跌仆倒，直到變成兩尊泥人融入夜色裡，才會一個回到屋後的水井旁喘氣沖洗，一個就田間水溝邊哭泣邊洗掉汙泥。

鄰婦可憐大丈夫的老婆，偷偷出主意，教她不能再朝那空曠的田野跑，應當躲到村長雜貨店，那兒人多，諒對方不敢隨便出手。

最初幾年，大家猜不透大丈夫為什麼常打老婆？後來才有傳言，指大丈夫在宜蘭街有個相好，對方看中他的田產，想方設法唆使他趕走太太。但這樣的答案想來未必正確，在那個年代只要有錢養得起女人，帶個姨太太進門並非難事，大可不必天天舞刀弄棍驚動村人。

再說，打罵老婆雖屬家務事，也得為自己找個不管站不站得住腳的理由。這對一些日出而作、日入而息的單純農人來說，是頂傷腦筋的麻煩事。

這事兒卻難不倒大丈夫叔叔，據說他的理由多得足夠裝一麻袋。包括早餐熬的稀飯太燙，肯定是老婆想燙死他；太太好意將煮好的熱稀飯整鍋放到冷水槽降溫，又說是意圖讓他拉肚子。碰到他提早從田裡收工回家，飯菜來不及上桌，即一口咬定老婆要餓死他；上桌的菜，無論冷熱鹹淡酸甜，都可以成為罵人打人的理由。連為他準備洗澡水洗腳水，不管溫度如何他都找碴，說是刻意要謀害他。

心機這麼瑣碎彎翹的男人，為什麼全村的人叫他大丈夫？當時我們年紀小，實在弄不明白。大家會叫他大丈夫叔叔，則是大人調教的。因為大人叫他大丈夫，小孩子在大丈夫後頭加個叔叔伯伯，是該有的禮貌。

所有的孩子，只懂得每個爸爸都是每個媽媽的丈夫，每個阿公都是阿嬤的丈夫。到底什麼樣的丈夫才能稱得上大丈夫？一直沒有人搞得清楚。

直到某一天，廟公的小孫子突然向大家宣布答案說：「大丈夫，就是會下象棋的人。」

眾蘿蔔頭百思不解，他便攏著大家朝廟前榕樹下跑去。老遠瞧見原本各自騎在長條椅一端對弈的兩個老人，把棋盤掀翻在地上，棋子撒了一地，彼此臉紅脖子粗地指著對方大吼：「起手無回大丈夫，可見你是小人！」

孩子不懂象棋，聽到老人嚷來嚷去，幾乎每個下棋的老人都會遭到對方指稱是小人，根本找不到一個夠格當什麼大丈夫的。唯一能讓我們確定是大丈夫的，怎麼數，也只有那個每天打罵太太的大丈夫叔叔。甚至有童伴以為大丈夫叔叔姓大，名字叫丈夫。

小蘿蔔頭個個好奇心重，遇有不明白又不敢向父母找解答的問題，只能跑到古公廟纏著老廟公索求答案。

老廟公說：「大丈夫的名字叫陳樹欉，人長得粗壯，以前大家都叫他大棵欉。年輕時跑到宜蘭火車站拖手拉車當苦力，因為愛喝酒愛打架，被市場裡的大流氓用武士刀把大腿削掉一塊肉，才乖乖回家種田。等他老爸升天，輪到自己當家做主，便又喝起酒來，喝了酒還要發酒瘋打罵老婆。唉，當他老婆也夠衰夠歹命，每天忙著照顧幾個小孩和一大群雞鴨禽畜，做不完的家事農作，還要當丈夫的受氣筒兼肉砧，唉，真可憐！」

老廟公嘆聲連連，竟然忘了告訴我們大棵欉怎麼變成大丈夫？大家七嘴八舌提醒，他卻慢條斯理地先倒了一杯青草茶潤了潤喉嚨，才接續說：

「幾年前，那時候你們還小，有的還在喝奶，有的還在媽媽肚子裡！大棵欉照例在酒後把老婆打罵一頓，再脫光自己上衣跑到鄉公所廣場發酒瘋。像宜蘭街大拜拜走在陣頭前面的乩童，拚命用雙掌拍打自己胸膛，把左右胸脯肉打成兩片紅通通的紅龜粿，唾沫四濺的高喊著『打某大丈夫，驚某豬狗牛』『會打某才是大丈夫，驚某的查甫郎攏總是豬狗牛』。從那一天開始，大家不再叫他陳樹欉或大棵欉，全村人只管叫他大丈夫，他也喜歡別人這麼叫他！」

說到這裡，老廟公說話的神情突然變得莊重，他說：「我們鄉下人，到你們這一代才有機會上學念書，但做人該有的道理、該有的禮數，祖祖輩輩多少懂得一些。男孩子長大就是一家之主，要扛起責任；女孩子長大會嫁出去，嫁了就得嫁雞隨雞嫁狗隨狗。所謂男主外、女主內，是老祖宗傳下來的，夫妻出門在外，太太跟在丈夫後頭，保持一兩步距離，看來男人占了上風，其實那有一種開道當擋箭牌的意思，每個男人對家內還是有一定的尊重，也才有『驚某大丈夫，打某豬狗牛』的說法。偏偏出個大棵欉要造反，天天把『打某大丈夫，驚某豬狗牛』掛在嘴邊，誰也拿他沒辦法。」

村子裡絕大多數是農家，豬狗牛滿眼皆是，打某的大丈夫只有這麼一個，算是有個讓大家茶餘飯後看笑話和聊天的話題。鄰村人一談論哪裡有什麼古怪人士或風俗癖好，說著說著總不會漏掉我們這個村莊，彷彿我們村子全是因為有了大丈夫，才讓村子有點名氣。

聽村裡的大人說，大丈夫叔叔讀過幾天漢學，也買過一本《秋水軒尺牘》插在褲腰間，像個用功的學生，把書封面封底都磨破了。可惜他書不曾認真讀，倒是經常和那個遠從宜蘭街踩腳踏車來村裡教漢學的老先生，一塊兒喝紅露酒吃豬頭肉。

不知道是不是和有學問的人吃喝多了，自然會沾黏些學問，大丈夫確實認得不少字，也能引經據典地說些歪理。

某一天午後，大丈夫叔叔從漢學先生住處喝足了酒回鄉下，一個人坐在古公廟前的大榕樹下，靠著樹幹用斗笠當扇子。

看到我們一群孩子跑到廟埕遊戲，即招手要大家靠過去。等大家在他面前圈了個弧形坐在泥地上，他順手用根細樹枝在地面寫下斗大的「尪某」兩個字。

滿嘴酒臭地問我們，有誰認得這兩個字？他架勢十足，目光嚴峻地掃向每個孩子，絲毫不輸那位泛紅鼻頭架著兩輪透明玻璃片的漢學先生。

絕大部分的孩子還沒讀書或才上學，當然不認得這兩個字。大家紋絲不動地端坐著，只有我那個念二年級的哥哥，把頭歪過來撇過去，還讓眼珠子打轉轉一陣子，終於結結巴巴地指著其中那個「某」字說：「這個，這個字好像是阿呆的呆字。」

此話一出，大丈夫叔叔馬上抓住我哥哥伸出去的腳丫，連說了好幾次：「厲害，有夠厲害！」還問我哥哥讀幾年級，稱讚他書沒白讀。同時翹起大拇指，說我哥哥絕對是個天才神童。讓坐在他旁邊的我，也分享到童伴們豔羨的目光。

接著大丈夫叔叔用不急不緩的口氣，彷彿漢學先生在廟裡授課，微微地晃起他那個大腦袋瓜，開始為大家說文解字：「喏，這兩個字就是人們常說的尪某。尪字如果拆開來寫，正是一個『大』一個『王』，這個大王翹腳坐在適舒的靠背椅上。換句話說，尪可以像皇帝那樣，坐在龍椅上頭，對不對？」

大丈夫隨即咳了幾聲，從喉嚨裡清出一口痰，對準背後樹幹吐了出去，再用衣袖抹掉嘴角口沫，繼續對著我們這群目瞪口呆的小蘿蔔頭上課。

他說：「現在我把某字這上半截遮起來，你們看仔細，哈，確實是剛剛小神童說的，一個戇大呆的『呆』字，如假包換，對不對？」

在大家的讚歎聲中，大丈夫叔叔把蓋在地面的手掌掀開，換另一隻手掌去遮住某字的下半截，只露出一個「艹」，問大家那是什麼字？

這回，有人搶著猜是兩個十，有人猜應當是兩個加，大丈夫叔叔連番搖著腦袋。等沒有人繼續猜了，他才告訴我們說：「這是長在呆子頭上的兩根草。你們想想看，一個呆頭呆腦的戇大呆，呆呆站著，頭上不插花也不戴斗笠，竟然插了兩根稻草，這樣的呆子就是尪某的某，知道嗎？」

「還有，還有——」他用手把尪某兩個字抹掉，重新寫了大丈夫三個字說：「大家都叫我大丈夫，你們看！這三個字可都是出頭的哦！尤其這個『夫』字，正是出頭的『天』字。可見每個做丈夫的，在自己家裡都比朝廷的天子還高出一個頭哩！」

「嗤！真是好的不教，光教壞的！」不知道老廟公何時加入圍觀行列，他把頭搖得像賣什細貨郎手裡的波浪鼓，語帶不屑地說：「大丈夫，你知道嗎？自古以來並不乏女人當家。像神明當中就有女人當家！媽祖婆、註生娘娘、女媧娘娘、陳靖姑、王母娘娘、九天玄女，攏總是呀！你不也在拜？」

大丈夫叔叔急忙辯稱：「廟公伯仔，你年歲大了，恐怕有所不知，人家當了神仙就不分男女了！神明王公如果跟我們一樣有男有女，然後成雙配對，在廟裡一供幾十年幾百年，豈不是子孫滿堂，每座廟都擠滿神明囝、神明孫，甚至神明孫子的孫子，那還得了，要蓋多少廟才夠啊？」

老廟公認為大丈夫褻瀆神明，不懂天界也不懂凡間。特別提醒他說，中國歷史上曾經出過女皇帝武則天，另外人家英國也由女王統治過幾十年，強盛到被全世界稱做日頭不會落山的國家。勸他不要成天喝得醉茫茫，盡教孩子說些蠢話。

最後，老廟公還緊握拳頭撂下重話：「哼，真正是胡蠅戴著龍眼殼，不知天地有多闊！你這還算是孩子們的長輩嗎？」說罷即氣呼呼地調頭回廟裡。

大丈夫叔叔望著老廟公離開的背影，壓低聲音對著我們說：「廟公伯仔是長輩，他說的我們聽聽就是。其實，歷史有很多是戲臺上演的，武則天究竟當了什麼樣的皇帝，也是戲臺上演的，真有，也只能說那時候的男人沒有用；至於那些西洋紅毛番，祖先說不定是女人國，要不然就是他們的男人天生沒卵葩，只配穿裙子。」

村人當中，大丈夫只怕兩個人，一個是這個叔伯輩的老廟公，另外一個是村長。怕村長其實怕的是，哪天不肯賣酒給他。大多時候，只要他喝醉了，往往天不怕、地不怕。

過了兩年，我們這一夥玩在一起的猴囡仔，大多進了小學。經常拿著菜刀追殺老婆的大丈夫叔叔，據說因為天天喝酒、動不動發脾氣，把自己腦袋瓜裡的血管給氣炸了，不管白天晚上只能癱在床上動彈不得。

不少孩子跑到大丈夫叔叔家的木格窗縫去窺探，然後再把各自的見聞彙集起來：大丈夫過去不停噴射唾沫，罵太太罵個不停的那張嘴巴，已經變成一個乾涸的黑窟窿，不時冒出黃濁的口水；鬆弛的眼皮和浮腫的眼袋，把原本露出凶光的眼睛，擠成一條淌著淚水的裂縫；以前那片厚實多肉的胸脯，早就扁平而且變成屋頂上的瓦楞槽，一道隆起一道凹下，緊趴著肋骨起伏。

雖然大丈夫嬸嬸縫了圍兜繫在大丈夫頸脖和胸口，但枕頭、領口、草蓆，仍被流下來的淚水和口水浸濕一大片。連後腦勺那幾綹頭髮都黏貼成塊，不得不逐一剪除，乍看與躲在橋洞的癩痢狗沒什麼兩樣。

這樣的男人，這樣的尪，肯定再也不是坐在龍椅上的大王了，也不可能有什麼出頭天了。

可憐那個天天怕挨菜刀的大丈夫嬸嬸，每天由幾個孩子當幫手，為大丈夫叔叔把屎把尿，費盡力氣翻動那具少了肌肉、骨架仍舊粗壯的身軀，擦拭渾身上下的屎尿和脂垢。

竟然還有村人說，大丈夫這個老婆算是修得老來福，從此不必挨丈夫辱罵、打耳光，更不用怕丈夫會拿著菜刀追殺她了！

甚至有村人認為，大丈夫夫妻從此就是全村最幸福最恩愛的夫妻。為什麼？道理很簡單，像土礱間頭家娶來老婆，供她吃香喝辣，每天只管塗紅抹綠，穿金戴銀，打扮得妖嬌美麗，卻成天到處串門子聊是非，結果連隻貓也沒生下，就跟著鄰村一個黑狗兄跑得不見人影。嘿，人家大丈夫娶來太太，打罵了大半輩子都趕不走哩！

少了個大丈夫搬演鬧劇，整個村莊一下子變得清靜寂寥，連天空看起來都灰濛濛陰沉沉的，看不到鳥隻飛翔。

也許是老天爺疼愛我們這些偏僻鄉下的孩子，日常不容易瞧見什麼新鮮事，便讓鄉公所新調來一個愛喝酒，且每喝必醉的課長。

這課長不但和漢學先生一樣，鼻頭泛紅，上任沒多久大家便叫他「酒醉課長」。躺下一個大丈夫，卻另外冒出個同樣愛喝醉酒的男人，讓村子恢復些許生氣，這是誰都沒想到的事。

酒醉課長家住宜蘭街，會不會打罵老婆沒人曉得。每回他醉得東倒西歪，有人關心上前探看或想扶他一把時，他總是盡量睜開布滿血絲的眼睛，笑咪咪地先把兩隻手臂在胸前打個交叉，迅即像兩把突然開展的折扇，嘴裡還會不停地嚷著：「來就舞！來就舞！」

鄰村大拜拜那個星期六下午，酒醉課長搖搖晃晃地騎著腳踏車回鄉公所值夜，路過古公廟附近連跌好幾跤。學校老師教我們要日行一善，要見義勇為，於是大家停下進行中的遊戲，朝著跌在路邊的酒醉課長奔去，有的要幫他牽腳踏車，有的想將他從地上攙扶起來。

他果然先搖頭晃腦地揮動手臂，再叨唸著那句口頭禪：「來就舞！來就舞！」

我哥哥一時好奇，蹲下來問那酒醉課長，來就舞是什麼意思？課長掏出插在胸前口袋裡的萬年筆，抖著指頭轉開筆帽，示意大家把手掌伸過去。

我們當中除了少掉一根手指的老廟公孫子，依舊把雙手藏在背後，其他幾個人統統伸出張開的手掌。

酒醉課長用那裝有藍色墨水的萬年筆，在最靠近他的三隻手掌中，分別寫了一個字，湊近瞧，赫然是：大、丈、夫，三個字。

每個字都探出個腦袋的，正是大丈夫三個字。

酒醉課長看幾個孩子面面相覷，突然呆楞在那兒，即強調說：「我沒寫錯呀！來就舞是日本人講的，換做我們的意思是『沒問題』，寫成漢字就是大丈夫呀！」

現在想起這些孩童時期的見聞，才發現大丈夫叔叔只是恰巧活在那個年代，活在那種大男人一切「來就舞」的年代，使得很多看來不合情理的古怪事兒，由他這樣的大丈夫做來，好像真的像日本人說的大丈夫那樣，一切都沒問題。

阿闊叔巡田水

村人大多不知道阿闊叔的真實姓名，認得他的人，都喊他阿闊叔。包括年紀和他相仿，甚至可能大好幾歲的，統統這麼叫。

阿闊叔會被叫阿闊叔，並不是他有特大的嘴巴，或是特寬的臉龐，所住的屋子也不比別人寬闊。再說，他不曾練過什麼功夫，當然沒有拳頭師的粗壯肩膀或門板身架。相反的，這個天天被太陽烤得近乎焦炭的鄉下農民，瘦瘦小小的身材實在很容易讓人忽略他的存在。

阿闊叔會被叫阿闊叔，應該是很多年前流傳下來的事兒。

話說某一年夏天，接連颳過兩個大颱風，阿闊叔褲腰掖著印章，還把身分證塞進斗笠的竹胚裡，走到鄉公所申請災害補助。當時，鄉公所承辦人員問他田地地號，有點結巴的他慌張應著：「我──我不識字呀！我哪、哪知道我的田第──第幾號？」

承辦人只好向他要土地權利書狀，他尷尬地攤開雙手，表示權狀被太太東塞西藏，說怕小偷和孩子們拿走把田地變賣了，弄得現在怎麼找也找不到，只能等下回太太忌日再燒個香擲杯筊問問看。

承辦人根據身分證資料，耐心地幫他一筆一筆翻找查對，才發現人真的不可貌相，站在櫃臺前這個黝黑瘦小，說話結巴的老農民，竟然擁有好大一片田產。於是故意考考對方，問他知道不知道自己的田地面積多大？弄得這個農民再一次傻楞在那兒，然後把眼球朝上翻了幾翻，嘴裡咿咿呀呀個半天，最後說：「攏，攏——攏總加起來，應該四、五、四、五，唉！真——真闊就是了，我也記不清到——到底有有多闊？」

幾句話出口，輪到那承辦人提著蘸水筆懸在胸口，瞪大眼睛傻楞地盯住對方，看著眼前這個不知所措的老農民，伸出雙手且張開每一根手指，不停地搔著頭，像兩隻活跳跳的大螃蟹，在腦袋瓜上爬過來爬過去。

老人家一番喃喃自語過後，才騰出手比劃著說：「反——反正圍在厝邊的田和菜園，攏——攏是我的。這頭從圳溝算——算起，那頭到——到堤防，西邊靠公路，東──東邊貼著學校圍牆，過學校那邊，還、還多出一小條。

「以前的人，都不想種田，水田根本不值錢。我──我這世人挑大肥種菜賣，拖──拖手拉車載甘蔗，也載農會的殼子，還到──到磚仔窯挖土塊搬磚頭，四處做粗工，能攢點錢就──就買田，才──才把厝邊這些田地買進來。每筆田有大有小，攏──攏總到底買了幾甲幾分，詳細我也算──算不出來，反──反正應該算真──真闊就對了。」

鄉公所職員，聽到這個瘦小的老農民，竟然說自己的田地大到算不出來，應該算真闊就對了。便一個跟著一個好奇地靠過來，個個露出羨慕的眼光。

其中有個課長，突然冒出一句：「阿闊叔，你還有後生要娶媳婦嗎？我來做媒人。」

這個不識字的農民，面對圍過來這一群穿皮鞋的紳士，心裡已經倍感壓力，再莫名其妙地被喊一句阿闊叔，一時根本來不及反應。自顧自地將粗糙的手掌往臉上搓了又搓，等回過神才嘆著氣說：「唉，古──古早人說『多子餓死爸，田闊駛死牛』，你們想想看，四──四隻腿的牛都會做到死，兩──兩條腿的人能耐多──多少拖磨？哪、哪能像你們坐在辦公室，不淋雨、不晒太陽，就有——有錢放進口袋！」

經過這一回，村人便按著自己年齡論輩分，從阿闊仔、阿闊大、阿闊叔這麼叫下來。等阿闊叔的孫子娶了媳婦，當了阿祖，甚至後來上天庭做神仙，村人一提到他老人家，仍舊停留在叫他阿闊叔的年代。

其實，阿闊叔跟村裡所有上了年紀的老人一樣樸拙老實，在鄉公所那番應答乃有話直說，絕無絲毫誇口炫耀成分。何況，老人家能有如此家業，不是天公也不是土地公特別眷顧，單說他勤奮農耕和儉樸度日的家教，就有說不完的故事。

早年農村奉行的勤奮儉樸準則很簡單，不外是從小聽到學到的那幾句：「日出而作，日入而息」、「量入為出」或「你少吃一口，子孫就多出一斗」這一類格言和諺語。廟裡教漢學的老先生和學校老師還會經常叮嚀，格言或諺語是老祖宗留下來的智慧話語，是做人的道理。

只是這些格言和諺語，對阿闊叔可不全是金科玉律。他奉行的是「日未出而作，日早落了才息」，每天太陽還窩在太平洋裡呼呼嚕嚕地做著大頭夢的時刻，他已經下田忙了一大圈；工作途中，除回家將三餐草草下肚，肯定要在田裡磨到太陽早下了山。如果不是老天爺慈悲，留下些微天光映照，他肯定會跌下田埂或水溝。

阿闊叔的孫子讀書之後，看到老祖父在田裡工作竟然幾個小時都不喝水，便勸他要帶壺茶水隨時補充水分，還強調老師說過每個人每天至少要喝兩千西西水。阿闊叔卻指著乾癟的肚子說：「戇孫哩！阿公每次出門都——都會把菜湯和茶水，喝——喝得飽飽的，何止兩千什麼東西？再、再說，忙著除草犁田，哪——哪有工夫想到喝水？」

至於量入為出或少吃一口的規則，阿闊叔要求自己和家人力行的甚至更為嚴苛，簡直接近只進不出和人人都要學著少吃幾口的地步。

早年鄉下人大多買不起冰箱，少數買得起的也捨不得買，更擔心買了會遭鄰人閒話是敗家產的。好在鄉下青菜是自己園裡種的，隨時拔了下鍋；想吃魚蝦河蜆，即刻到溪河裡現撈現摸。偶爾買點魚肉，也會挑醃漬過的，越鹹越經吃嘛！

到了年節，這裡拜那裡拜，不免多宰殺幾隻自己飼養的雞鴨，卻也用不著冰箱，只需費點工夫用自家釀造的醬油醃漬，足足可以吃到孩子開學帶便當。

在肉類醃製或取用過程中，萬一遭蒼蠅或什麼小蟲子偷偷下蛋，隔不了幾天醃缸裡便會鑽出蠕動的蛆。最簡單的處理方法，是用湯匙把牠們一一撈了餵雞，慎重一點的，會把整缸肉和湯汁倒進熱鍋滾一滾，依舊香味撲鼻。阿闊叔家當然不會例外。

鄉下人過端午節，家家戶戶綁得最多是鹼粽，因為那比肉粽、粿粽省錢耐放，綁好蒸熟冷卻後，隨時都可以剝了吃，不必再費柴火蒸煮。鹼粽有濃郁的苦鹼味，再窮苦的人家也會買點砂糖回來沾著吃。但阿闊叔似乎永遠忘不了小時候的窮苦日子，每年都要告誡家人：「鹽比砂糖便宜，以前老祖宗教大家用鹽粒沾鹼粽，味道不差，還不會吃壞牙齒哩！」

阿闊叔是一家之主，兒孫在他面前想吃鹼粽，只能跟著他沾鹽。可那味道實在不對，最後的辦法便是硬著頭皮，裝模做樣地分吃個幾口，甚至碰都不碰。

有一天上午，阿闊叔從田裡回來，在稻埕邊的水井打水清洗手腳汙泥時，瞧見家人才從大廳八仙桌散開，桌上地面一片狼藉，幾個媳婦和女兒忙著收拾散落的鹼粽葉子。有個小孫子在媽媽支使下，站上門檻喊他吃粽子。

阿闊叔笑咪咪地回應說，阿公還不餓。實情是，當他看到一家人吃鹼粽，連小孫子都吃得臉上的小酒窩不停打轉轉，立刻讓他打從心底感到高興和寬慰，這種感覺比什麼山珍海味都當飽哩！

阿闊叔心底想，大大小小一家人已經能夠吃出鹽粒沾粽子的滋味，這個家族肯定有希望了，肯定會一天比一天興旺，不會永遠是赤腳踩著爛泥巴的窮赤人。

大媳婦很快剝好兩個鹼粽到盤子裡，盤子邊擱著小撮鹽巴。看著阿闊叔坐下來開心吃著，才一個個退到廚房去。連坐在門檻的小把戲，也被媽媽帶走了。

這兩個沾鹽粒佐食的鹼粽，大概是阿闊叔從小吃到老吃得最順口最好吃的鹼粽。正當他吃得津津有味，突然瞥見地面有一小撮鹽粒閃著晶亮，這在過去他肯定要藉機會訓誡兒孫浪費，可今天心情好，腦袋裡映著竟是幾個小孫子搶著沾來沾去，免不了把鹽粒撒落到泥地上的情景，自己禁不住噗哧笑了開來。

開心之餘，阿闊叔還是覺得那撮鹽粒掉在地上有些可惜，也就管不了地面髒不髒，即伸出右手食指在舌頭上沾了一點口水，蹲下來把地面那些細碎的顆粒掃黏在指頭上，塞進自己嘴裡。

當他用力嘖嘖地吮了兩下，眼睛不禁楞瞪開來。嘿！這鹽粒怎麼甜蜜蜜的，跟糖一樣甜？

阿闊叔把口水濕潤的食指舉到眼前，歪著頭迎向門口穿透進來的亮光瞧了一會，再次伸到地面把剛剛黏剩的些許顆粒，又沾到指頭上，直直對著鬥雞眼下方送進嘴裡。

這回，阿闊叔舌尖的味蕾，卻沒能嚐出先前的甜味，正常的味覺似乎遲鈍退縮了！原來，早被瞬間滾落到嘴角的兩行淚水，搶先一步取代，嚐到的盡是死鹹，帶澀。整張嘴裡盡是鹹鹹澀澀。

「唉——」他不禁仰頭對著懸梁吊掛的天公爐，長長地嘆一聲，滿腔悲哀跟著從心底湧上口鼻和眼窩：「原來一大家子，只苦了我這個戇老夥仔。」

阿闊叔這大半輩子再窮再苦，再累再瘦痛，他從未掉過眼淚。他常把「吃苦兼吃補」，「這是老天爺給的命」，「我前世人欠的債，當然得還」這類話語，猶如宗教經文般掛在嘴邊叨唸。他認為自己會過如此生活，肯定是前世人太懶散，這輩子才會做牛做馬來抵補！每天從早到晚在田裡爬來爬去，償還的正是上輩子欠下來的債。這些帳如果不清償，到了他的子孫還是得還。

而這回禁不住流下的淚水，應該是幾十年積存下來的，當然令他覺得格外鹹澀。

整整一個下午，沒看阿闊叔抽菸，也沒看到他下田下菜園。他先是呆呆地坐在竹圍下一塊石頭上，後來走到古公廟後頭的榕樹下乘涼，這一帶只有這個角落看不到他的住處和田地。

阿闊叔用斗笠當扇子，對著自己頭臉猛扇一通，其實不是扇涼，是藉著扇動斗笠分散心頭的悲傷。

隔了幾天，村人再遇到阿闊叔，發現他老人家滿臉病容，一夕之間突然蒼老了十幾歲，邊走還得邊停下來咳嗽吐痰。有人好意勸他休息，他立刻用腳板把吐在地上的濃痰抹掉，正色地告訴對方：「再怎麼咳嗽，咳——咳一世人也不會死人，要是我——我這個老頭子不下田，全家人早——早晚，都會餓——餓死！」

阿闊叔的話，有時不是很容易聽得明白，但大家對他勤耕農作還是相當敬佩。儘管村裡還有其他人家的田地比他寬闊，卻全是老祖宗留下來的，只有阿闊叔稱得上白手起家，確實是雙膝跪地背朝天這麼勞動出來的。他能擁有這麼一大片稻田和菜園，可有點像現代的孩子玩拼圖那樣，一小片一小片耐心拼湊而成。

開雜貨店的村長，有個兒子從小不愛讀書，跑到臺北做生意發了財，曾經想回村裡買塊地蓋房子，看中阿闊叔一塊田地，大家都說村長父子異想天開，空思夢想。因為阿闊叔田地靠近學校，想買他田地的事兒，何止幾樁，他總是二話不說地一口回絕，毫無例外。

所以村人形容：「要阿闊叔賣地，那不僅僅是割他身上一塊肉，簡直是割掉他褲底那粒卵葩，不可能啦！還不如去等老阿婆生後生。」

可這回讓全村人都想不到，經過村長說好說歹竟然徵得阿闊叔點頭，同意讓出路邊四五十坪地。一方面固然是村長面子大，而且只是買個幾十坪讓兒子蓋房子娶媳婦，對阿闊叔來說不過是從大閹雞身上拔下一根羽毛；另一方面，正巧碰上鹼粽沾糖事件實在傷透了這個老農夫的心。

村長高興地付了訂金，雙方翻過農民曆，決定第二天再到代書那兒辦理相關手續。未料當天夜裡，距離天亮只剩一兩個時辰，雜貨店大門就被敲得砰砰響。

村長推門一瞧，看到阿闊叔紅著眼球和鼻頭，把前一天那一大疊用橡皮筋束著的鈔票塞還給他，嘴裡結結巴巴地叨唸著一串含混不清的話語。

村長好不容易才聽明白，阿闊叔說的是他整個晚上睡不著覺，只要眼睛一閉上，腦袋裡映現的盡是所有的老祖宗和兒孫們圍著他指指點點。他雖然抗辯田地全是自己辛苦掙來的，老老小小卻警告他，賣了田地再也買不回來。

這次買賣沒做成，有人說阿闊叔是「吃西瓜半暝仔反症」，卻也無損於阿闊叔刻苦勤儉形象，他仍然是村人教子課孫的典範。只是私底下難免有人帶著幾分嘲諷，村婦認為阿闊叔活到這把年紀，僅差棺材蓋子沒蓋上，竟然不懂得拿筆錢財享受享受，是自己活該，將來這些田地落到兒孫手裡，大家還不是賣了錢當員外。

村裡早就有這樣的例子，幾個年輕人承繼了田產變賣後，每天夜裡搋著大把鈔票，跑到碾米的土礱間去賭四色牌或天九牌，甚至跑到市區沉迷於酒色場所，往往要玩到天亮才回家。路上總會遇到幾個村婦在圳溝邊洗衣服，這些女人家免不了七嘴八舌地發出議論：「唉喲！這些少年郎，比阿闊叔巡田水還要勤快哩！竟然一暝巡到天光。」

其實阿闊叔一生沒賭過四色牌，更沒摸過天九牌。有人笑他，那麼大的田園，縱使連賭個十年八年也賭不完，真是膽小如鼠。他只辯說，天公沒給他那麼多的美國時間，一大片田園早就像個大牢籠，把他關得死死的，怎麼玩？

有幾回大選舉前後，村長或鄉民代表揪團到外地進香旅遊，參加者只要象徵性地掏個來回車錢，食宿自有人安排招待，同樣拉不到阿闊叔這個客人。他會對來人低著頭，把雙手揮來揮去像趕走面前飛舞的蚊子：「不——不行哩！田裡園裡缺——缺水個兩天，所有作物枯死了，怎麼行？」

村長說：「阿闊叔，我看你是怕自己閒個兩三天，骨頭會生出水嘍？」

「村長伯仔，你——你說對了，我——我這身老骨頭，要是連著兩天不下田，全身的病痛就統——統統跑出來，唉——」老人家還不忘嘆口氣說：「做——做人還是要——要認命，出世是扛鋤頭的命，天公怎麼會讓你閒——閒下來？一切只能怪——怪自己孽命呀！」

「阿闊叔，你不曾試試，怎麼知道閒個幾天會生病？」

「哼！繩子會打——打結，都是人纏的。這——這款事兒，免問神明擲聖杯，這身老——老骨頭，比王公廟的籤詩，還——還靈聖哩！」

可惜天天在田裡園裡忙個不停的阿闊叔，仍然敵不過歲月的犁鋤，逐漸萎縮成一團的身子，終於躺了下來。兒孫們明白種稻種菜太辛苦，於是把田地變賣，分別搬到市區買樓房住。

阿闊叔生前擁有那一大片水汪汪黝緞緞的田地，任何人瞧一眼便知道肥沃無比。可買走這一大片田地的新地主們，並不急於用它來耕作或蓋房子，他們一年又一年把它擱在那兒待價而沽，輪番地等著漲價轉手。

幾年下來，那一大片田地長滿了比人還要高的野草，間雜長出一些更高的樹木。野鳥、蟲蛇、老鼠、野貓、流浪狗，成群結隊在裡頭做窩。樹木和草叢越長越密，村裡的大人和小孩早就沒有人敢鑽進去探看。

每天傍晚，草叢樹叢裡都會傳出不同的嗚囀啼叫，很難分辨是哪一種鳥或哪一種動物的聲音。到了夜裡，甚至會騰升點點亮光，時而群聚，時而四散地飛舞著。

有膽大的村人誇口，每逢農曆十五前後有著月光照映的深夜，就會看到阿闊叔照樣扛著鋤頭，在草叢樹叢裡穿進穿出，傴僂著身子來來回回地巡著田水。

顯然在另一個世界的阿闊叔，並不清楚這一大片曾經重疊著自己一輩子腳印和汗水的土地，已經換過好幾個主人。而且這些田早就不種水稻也不種青菜了，它們只種那種花花綠綠的鈔票，種鈔票並不需要田水灌溉呀！

三角潭的水鬼

差不多全村的人都認識我哥哥，卻只有過去的小學老師等少數人，叫得出他的名字。全村老小百來口人，都喊我哥哥水鬼。甚至到他結婚以後，我嫂嫂也被叫成水鬼仔嫂。

道理很簡單，因為哥哥不但是全村、也應該是整條宜蘭河流域最精於泳技和潛水的人。單單在三角潭、豎流仔這一帶，被我哥哥從水裡救起的，便可以在堤防上排成很長一支隊伍。

你一定要問，一個從小困在鄉下種田的農夫，何來如此本事？

曾經有宜蘭街下來的新聞記者纏著他採訪，哥哥只是咧著嘴對著胸前掛著照相機的記者不停地傻笑，咿咿呀呀半天也說不出個所以然，最後還是我阿媽給了對方答案。

阿媽說：「我這個孫子，應該是水仙王轉世的，生下來那一刻，他跟別的嬰兒一樣哇哇大哭，但半閉著雙眼所流出的淚水，卻像大水沖崩堤防那樣嘩嘩地流個不停，把整條面巾浸得可以擠出水來。我剪好他臍帶，幫他洗澡時一個不小心，整團肉坨坨滑進水盆，我嚇得慌了手腳，急著想撈他上來，反而讓他在水裡多打了兩個轉轉，屁股朝天臉孔朝著盆底。嘿，沒想到他在水裡咕嚕地翻了個身，自己浮上水面。

「我說給鄰居聽，沒有人相信，笑我說每個金孫在阿公阿媽眼裡，攏總是天才。後來，等我這個孫子滿月，我故意把他臉孔朝下放進盛滿清水的水盆裡。嘻嘻！他還是能夠像戲臺上的丑角翻跟斗，一骨碌地翻過身子，整個人漂浮在水面上，還咧開嘴啃他的小拳頭。」

除了泳技，阿媽把哥哥許多無師自通的本事也說了。例如哥哥到廟裡跟廟公聊天，聽到廟公幫人解析籤詩，他很快就能夠原原本本地照著說一遍。看到戲臺上演員唱〈陳三磨鏡〉、〈山伯英臺〉，只要是他喜歡的戲文，回到家便可以從頭到尾一句不漏地說唱。

阿媽還告訴新聞記者說：「小學老師曾經用一句很簡單的俗語，說不管什麼東西晃過我這個金孫眼前，都會記得清清楚楚明明白白。真失禮，我這老阿婆年紀大記性差，實在想不起來那句話怎麼說——」

「哦，那應該是句成語，是過目不忘啦！」記者提醒。

「對對對！唉，可惜家裡窮，我兒子媳婦都不識字，縱使生下的小孩再聰明，是什麼神童，也只能供他讀完小學，就回來種田，讓他失去栽培。」

其實據我所知，哥哥的學習一直不曾停頓。眼鏡玻璃上有數不完圈圈的老廟公，曾經不只一次地向外地人介紹：「有幾年，廟裡從宜蘭街請到精通漢學的仁壽仙，下鄉教大家讀《秋水軒尺牘》。村民當學生不用花錢，但書本得自己買。這個水鬼仔沒錢買書，每次上課都會提早到廟裡向我借書，一個字一個字地抄寫在一疊不知道從那裡撿來的舊日曆紙背面，當做上課的課本。白天農作間歇，很多人會點支香菸吞吐一番，從水鬼仔口袋掏出來的，卻是那一張張抄寫來的課文，甚至連放牛、踩水車，都會看到他對著手中的日曆紙唸唸有詞。一個沒有課本的學生，學到的字詞竟然比誰都多，到後來還能夠幫村人讀信寫信。可見老祖公說『勤快出狀元』，並沒騙人哩！」

新聞記者回宜蘭街幾天之後，村長騎著腳踏車送來一張報紙給阿媽。報紙上印著我哥哥傻笑的照片，而且用好大的標題說我哥哥是「水仙王再世，救人無數」。

新聞說，任何人想要熟諳泳技，成為浪裡白條，其實和學習騎車駕車、砌牆建屋等種種技術及手藝一樣，必須經過長時間的勤學苦練。而宜蘭鄉下有個從小種田的農夫，卻一出娘胎便會游泳；只有小學畢業，就有滿肚子學問，經常幫村人寫信……

可惜村人識字的不多，當年也只有鄉公所、農會、小學、村長的雜貨店、碾米店等少數幾個地方訂有報紙，否則我哥哥的綽號，說不定會從水鬼變成水仙王。更可惜的是，當年臺灣才剛開始有電視，都市裡的有錢人家才會裝設，絕大多數人根本買不起它，而且來採訪的也不是電視記者，要不然透過電視新聞播出，肯定會有人找我哥哥去參加游泳比賽。

許多年過去，哥哥繼續被水鬼長、水鬼短地叫著喊著，沒想到最後真的把我哥哥叫成了三角潭的水鬼，連屍骨都沒找到。他還差幾個月才滿四十歲，不少村人事後回想，難免感傷自責，但一切已無法挽回了。

哥哥年紀大我不少，不管到廟口去玩或下水消暑，他總是把我帶在身邊。我三、四歲開始當跟屁蟲的時候，他已經準備去當兵。在我上學之前，常有村人問我幾歲了？我實在弄不清楚自己年齡，每次只能先攤開兩片手掌，再把右手掌翻個面，才回答對方說：「比我阿兄少十五歲。」弄得全村人都曉得我比哥哥小十五歲，卻不知道我哥哥和我究竟是幾歲？

等我讀小學，哥哥已經當完兵回來，聽說他在軍中參加什麼隨營補習，讀了更多的書，於是很自然地成為我的家庭老師，無論什麼字、什麼計算題、什麼謎語，都難不倒他。

哥哥很會講故事，只要聽故事的時候眼睛不直盯著他看，他就能夠侃侃而談，很多故事就是我當跟屁蟲時期聽來的。那種時刻，哥哥走在前面，我跟在後頭，故事總是源源不絕。

每天晚上，哥倆並排擠在一張竹床上睡覺，我習慣翻過來翻過去，弄得竹床吱吱喳喳響個不停，哥哥不得不編一些鬼故事嚇唬我。我一驚嚇便會把整個人鑽進被子裡，片刻耳朵手腳一暖和，往往故事沒聽完就睡著了，第二天得要哥哥重新講起。

只有一樣事兒讓人家說我們不像兄弟，那是因為我怕水而不會游泳，任憑哥哥怎麼教都沒學會，甚至連站在一旁看熱鬧的孩子都學會了，我卻始終像塊大石頭，下水即往下沉。

每年夏天到河裡玩水，都由哥哥扛在身上，仰泳、蛙泳時，他就讓我騎在他腰上、趴在他背上；若是站著踩水，便像陸地上玩騎馬打仗那樣，讓我把兩條腿跨騎在他肩膀，再用腳板勾住他後背，一如廟會的大身尪，在水裡仍高人一等。

宜蘭河流經村裡這段河道，由上而下總共有三個叫得出名字的地方。第一個彎道被村人稱為豎流仔，接著是穿過公路橋下的吊橋頭，然後是另一個急彎叫三角潭。

從水流表面觀察，此段彎來彎去的河道並不奇特，大概只有懂得水性的人清楚。豎流仔和三角潭兩處河灣拐得太急，經年累月下來，水流便把河床外弧刮出一個青冽冽的深潭，潭底會藏著一個不停往下急轉的大漩渦。

其中以三角潭最靠近我家竹圍，河水到這裡突然拐成直角，留下三角潭這個帶點陰沉的地名，一旦陽光照射在它的水面，粼粼的波光像極了壞人臉上那閃著妖邪的三角眼。

早年鄉下一些遭虐待的小養女、小媳婦想輕生，礙於大家庭耳目眾多無法懸梁自盡，當時又沒發明農藥，結束生命最便捷的方法就是投水。

宜蘭河在平原蜿蜒的長度不足二十公里，沿河流域小徑和田埂交錯，想跳水的人隨處都能夠靠近河道。只是水道兩側有大片高灘地被農民拓為菜園或稻田，那些不慎落水或刻意輕生者，很容易被發現救上岸。聽說只有豎流仔和三角潭能夠有去無回，人一旦往下跳，瞬即被漩渦捲入無底深潭，兩三天找不到人影，等屍體浮上水面，已在下游好幾百公尺外，且不管男女老幼，渾身都會光溜溜的，少有例外。

村人說，那是水鬼「抓交替」。無論哪個水鬼有機會逮個送上門的替死鬼，必定死命緊抱，而溺水者在瀕臨死亡那一刻，難免會出自本能地掙扎求生，拉扯之間身上衣物往往片縷無存。

另有一種說法是，等待重新投胎的水鬼，好不容易把替死鬼抓到手，第一個動作肯定是扒光對方身上衣物，投水的男男女女一下子全身赤條條，便不好意思走回頭路了。

村裡大人和小孩戲水時，都懂得避開這兩個彎道，選擇兩者之間的吊橋頭，也因為村人大多深諳水性，在此地遇有不慎溺水者，都能及時伸出援手。但一些死意堅決的，刻意選擇到豎流仔或三角潭兩個惡名昭彰的地方投水，能救他們的人，無論正著數或倒著數，就只有我那個水鬼哥哥了。

我阿媽當然知道抓交替的說法，我哥哥一而再再而三下水救人，阻擋了水鬼返回陽世這條生路，對方肯定不甘心；可她更明白「救人一命，勝造七級浮屠」的古訓，於是持續默許這個水仙王轉世的金孫，憑著高超泳技一再地救人。

我是在阿媽臨終臥床那幾天，才聽她說出一些事情的真相。

阿媽說，每當哥哥救起一人，往往會有幾天風雨交加，如果走上三角潭附近堤防，隱約還會聽得到從深潭底下傳來鬼哭神號。要是那幾天不颳風不下雨，到了深夜子時過後，肯定有人坐在我們家門檻上哭泣。所以有很多年，她習慣在天黑前向祖宗牌位上香，再燃炷香拜過天地後，把炷香插在門檻邊的磚縫。全家吃過晚飯不久即緊閉門窗，不准任何家人進出。

阿媽還說，第二天天亮開門，經常看到門檻上留著一團或兩團水濕的跡痕。順著這水濕印子，往晒穀場望出去，有時會出現類似腳印或蹄印的跡痕，朝著河堤方向延伸而去。如果門檻上留下的是一團水濕印子，就有一行跡痕，兩團水濕印子，就有兩行跡痕。得等升起的太陽晒過，才會慢慢消失。

聽了阿媽這些話，讓我想起小時候睡到半夜常被一種奇怪的聲音吵醒，那吵人的應該是竹圍被風雨吹打得呼呼殺殺的響聲。每次問睡在身邊的哥哥，他總像沒事人那樣說著故事，有時更生動地形容說，也許正有一群頑皮的小神仙在我們竹圍上練輕功，許多小神仙在那搖擺不定的竹枝梢頭跳上跳下，追逐嬉鬧，才把我吵醒。緊接著，他教我用棉被搗住耳朵，因為很快有千軍萬馬踩踏我們的屋頂，捶打我們的門板。他還教我把眼睛緊緊閉上，只要這麼做，那些兵馬對我們就無計可施了。

每回我都等哥哥開始打呼嚕之後，偷偷掀開被子睜開眼睛，又驚又怕地繼續聆聽那忽大忽小、起起落落的鬼哭神號。

我膽子能夠越來越大，是在讀過一些課外讀物之後，開始相信好人自有好報的道理。認為哥哥救了那麼多人肯定是全世界的大好人，任何妖魔鬼怪對大好人都得敬畏三分，絕對不敢到他面前來搗蛋撒野。

可誰都沒想到，像我哥哥這樣一個大好人，卻活不到四十歲就死了。最後看到我哥哥的人，是廟裡的廟公。

據他說：「那天晚上，我在宜蘭媽祖宮前喝完酒回家途中，看到你哥哥一個人走在堤防上，卻任憑我喊破喉嚨他也不回頭。可不要認為我喝了點酒看錯人，當時月亮照得清清楚楚，我還爬上堤防追他，幾乎扯到他的衣服了，他卻快步奔向河邊，朝三角潭一躍而下。當時我以為他急著下水救人，沒想到他跳下水之後水面立即恢復平穩，再也沒有什麼動靜。唉！他是個水鬼呀！怎麼可能下水就不見人影？」

老廟公還跟我說：「你去臺北讀大學不在家這幾年，他拚命到水裡救人。唉！你那個哥哥說聰明比誰都聰明，說糊塗也真的糊里糊塗，我常勸他，儘管在陽間做了那麼多好事，對水裡那些好兄弟也該多少結個善緣，例如農曆七月就別跟水鬼搶人嘛！否則做絕了，遲早會被水鬼抓去剁成肉醬！

「在他救了許多人之後，或許把我勸他該歇歇手的話聽進去一點，幾次看到豎流仔或三角潭附近有人在河堤徘徊走動，便放下手邊的活，跑來廟裡跟我下棋。可事後一聽說有人跳水，因為沒人敢下水搭救而淹死了，他就懊惱不已！」

家人把哥哥穿過的衣服、鞋子、木屐，戴過的斗笠，天天搭在頸脖上的毛巾，一疊抄滿《秋水軒尺牘》的日曆紙，間夾著一大堆紙錢，堆放在堤防上。由道士領頭誦著經文，放火燒掉。

接連幾天，天上沒有月亮也沒有星朵，卻有不少村人瞧見奇怪的現象。說是從吊橋頭朝東望去，便會看到三角潭水面上閃著微亮的光芒。還有人在半夜聽到我哥哥吹笛子的聲音。其實我哥哥當兵回來那麼多年，幾乎很少吹笛子，更不可能在晚上吹笛子。

熱心的村人陪著我們家人，沿堤防來回搜尋好幾天，甚至找到出海口，都沒找到哥哥的蹤影。廟公好心地告訴我說，人死後第七天的頭七晚上，一定會回家探望親人。

頭七那個深夜，天氣雖然冷，我還是偷偷把門閂抽開，用一張小板凳頂著門縫，好讓哥哥回來時只要輕輕一推便能夠打開門扇。結果一整夜，無風也無雨，四野靜悄悄地，直等到晶燦的陽光投射在晒穀場上，我即不顧屋外刺骨的寒意，到晒穀場上快步地兜著圈子，一面走，嘴裡不停地冒出霧白的蒸氣。

等家人一個個站在門口，各自用奇怪的眼神跟隨著我繞圈子，我才放慢腳步，引用廟公的話安慰大家說，哥哥沒死，他一定還活著。

奈何一年又一年過去，我們不曾盼到任何關於哥哥的消息，也沒有人發現哥哥的屍體。更奇怪的是，哥哥失去音訊這些年，無論在豎流仔或三角潭，甚至整條宜蘭河，已經沒聽說有人落水或投水。我想，河水一年比一年骯髒，再也沒有人願意下水游泳，加上農藥及毒物普遍，了斷生命的方式增多，應該有一些關係吧！

幾天前一個晚上，我決心動筆寫〈三角潭的水鬼〉這篇小說，突然夢見哥哥回來找我聊天。我發現哥哥的模樣絲毫沒有改變，除了身上的衣服和褲子顯得有些老舊褪色，臉上那副戇厚的神情、手掌裡的厚繭、指甲縫的泥垢，一切照舊。高興之餘，我竟然像小時候當他的跟屁蟲那樣，纏住他東問西問個不停。

也許哥哥怕驚嚇到我，他先以往昔開玩笑時的動作，回頭摟摟我肩膀，故作輕鬆地說：「其實，我前世並非什麼水仙王，游泳潛水技術好，因為我原先就是三角潭的水鬼。後來有機會抓交替，才湊巧投胎當了爸媽的兒子。」

「哥哥你開什麼玩笑？」我提醒他說：「你那個水鬼仔綽號，是你水中救人的本事高強，村人才這麼叫，跟前世有什麼關係？你怎麼能拿它當真。」

哥哥卻很沉穩地說：「這些年，你讀過很多書，懂得很多科學理論，可能不相信靈魂不滅及輪迴之說。但我還是要再說一遍，在沒投胎當老爸老媽的兒子之前，我確實是住在三角潭水底的水鬼。當時輪到我抓交替，重新投胎剪斷臍帶那一刻，心裡頗不情願地想溜回水裡，可是，唉！無論水鬼或是人，面對命運有時是很難違拗的。」

此刻，我突然想起阿媽臨終前那些話，便告訴哥哥：「以前常常利用深夜在我們竹圍跳上跳下哭號著，而且捶打門板，把門檻坐得留下潮濕印記的，才是真正的水鬼呀！他們因為抓交替被你壞了事，才到我們家騷擾抗議。而你跟我睡在同一張床同一個被窩，我還聽到你打鼾，你根本不可能是水鬼！」

「喔，你還記得那些事。當時水鬼們的確是衝著我來的，怪我前身是水鬼投胎，怎麼把胳膊向外彎，一再地到河邊救人，阻攔他們抓交替。我不理會他們，目的是要他們明白，我既然變成人類，就要像個人，像個人就必須懂得是非黑白，懂得什麼該做，什麼不該做！我才不要學某些人類耍奸詐搞的間諜遊戲，把自己當成到對方臥底的奸細。」

哥哥只讀完小學，我大學畢業，但很多人生大道理，他懂得比我多。但我依舊深信，憑哥哥的泳技和潛水本事，隨便抓個替死鬼重新投胎，應當輕而易舉。於是耍賴地對他說：「如果你現在真的變成三角潭的水鬼，是水鬼就可以抓交替呀！」

未料哥哥聽了卻哈哈大笑，笑得差點被自己的口水嗆到。他說：「我原本就是水鬼投胎去當你哥哥，十幾年前再投胎回來當水鬼的，現在還投什麼胎？你說的沒錯，水鬼抓交替自古已然，連天上神明，地下的閻羅王，都是睜一隻眼閉一隻眼。在人世間，有誰曾聽說，吃到黑心食品中毒、銀行領錢出來遭人捅幾刀、走在路上被酒鬼飛車撞倒，或得個什麼絕症突然死翹翹的，這些冤魂中有哪個人能夠抓交替？沒有。大概只有水鬼能夠抓交替，對不對？」

我想了想，哥哥應當沒說錯，我也只能點點頭。

哥哥繼續說：「問題是，我們水鬼一旦抓到替身投了胎，做人了，卻不一定從此就能過好日子。尤其是最近十幾年我在河裡聽到的人間事，更是亂七八糟。」

哥哥的話令我驚奇，難道住在水底世界也能通曉人間苦樂？

「嘿！」哥哥轉過頭瞄了我一眼，好像看穿我心思，告訴我說：「過去阿媽不是常說『人在做天在看』，天站在那麼高都看得見，鬼住得離人間近多了，當然看得更清楚，聽得更明白。你還年輕，無論看什麼事事物物都美好，這是好事。其實，這世代肯定會越過越難過，酷熱酷寒，大風大水，土崩石落，或可說是老天爺打噴嚏；但為了地位權勢，結黨營私，勾心鬥角，為了錢財四處詐騙，燒殺擄掠，什麼壞事都做得出來，眼裡根本沒有別人存在，這些可都是人禍呀！」

哥哥回頭看看我，把我當做小孩子那樣，用他粗糙的大手掌搓揉我一頭亂髮，隨即意猶未盡地繼續他的話題。

「水鬼抓交替重新投胎，早年多數到了窮人家，但日子過得苦一點，壞也壞不到哪裡。現在抓交替的情況已經不同了，有人投胎後才發現媽媽是個老菸槍，或是毒蟲，每次吸口奶，總是嗆得又咳又吐，整天暈忽忽地。也有碰上老爸是個風流鬼，竟然把愛滋病做為家產傳下來。更多的是，一生下來就只有媽媽而沒有爸爸的，弄不好就得流落街頭。」

哥哥最後的結論是：「當水鬼並沒有什麼不好，在水底遠離了人間的生老病死，愛欲貪嗔，愁苦傷痛。雖然河水一天比一天髒，但陸地上連呼吸的空氣都不乾淨，更不用說其他的汙染和髒亂了！比來比去，水底的日子還算自由自在哩！」

在這個睡夢中，哥哥大多時候仍然走在前面，而我緊跟在後頭。我們不在家裡，不在廟口，好像也不在菜園裡，感覺身上不時有微風拂過，兄弟倆見面的地點，應該在河堤上吧！當我蹲下來仔細瞧著一朵豔黃色的野花，再抬起頭就發現本來走在我前面的哥哥，已經失去了蹤影。

記憶裡，兄弟倆總是哥哥講故事我聽故事，從來沒有談論過這麼多嚴肅的話題，他也不曾跟我這麼長篇大論地講道理。

哥哥如今說了這些話，讓我不禁懷疑，他不太像我小時候當跟屁蟲時的哥哥，倒真的像是從三角潭突然冒出來的水鬼，一個來去自如的水鬼。

十一指

1

一個隨時能夠聽到太平洋浪潮聲的偏僻鄉下，會出現「車路頭」這樣的地名，誰都弄不清楚究竟怎麼回事。

村人左猜右猜，猜了兩三代人，頂多猜它是日本人留下來的。當然有人不服氣，總是斬釘截鐵地說，早在清朝皇帝統領的年代就有了。

這個十字路口叫車路頭，唯一的共識，認為與製糖的蔗廍有關。因為在日本人占領臺灣之前，附近已有人家開設蔗廍，用牛隻拉動石磨、壓榨甘蔗製糖。從鄰近各村載來甘蔗的牛車、人力車，必須經過這裡。縱使走港圳水路由駁仔船運來的，也得在這兒上岸駁接。

日據時期，日本人在幾十公里外的濁水溪南岸一個叫二結的地方，開設自動機械化的大型糖廠，平原裡整整有三十年時間遍植青白皮的甘蔗。糖廠鋪設了三條載運甘蔗的小火車軌道，其中有一支先後朝北跨過濁水溪、宜蘭河，伸到車路頭附近的社頭。

於是，除了牛車、人力車、駁仔船忙個不停，又有手推臺車加入行列，把四面八方載來的甘蔗，統統交由蒸汽小火車運到豎著大煙囪的二結糖廠。

這裡暫且不去管哪個年代開始有車路頭這樣的名稱，我想說的故事是，我的曾祖父確實很有眼光，搶先在這地頭占了個角落，用土墼、竹篾編屏堵築牆，搭配蛇木、竹竿、茅草和麻繩搭建房子，開起小小雜貨鋪，生養我祖父和他幾個兄弟。

一百多年前的小店鋪，功能相當於現在的百貨公司。當地人日常生活用品，舉凡油鹽醬醋茶、糖果、碗盤、毛巾、胭脂花粉、火柴、木炭、線香、紙錢……，什麼都賣。

曾祖父這一落腳，原本有機會成為一個擁有廣大田產的大地主，至少是不必親自勞動便有租金送上門的富裕人家。沒想到，百多年來他的子孫竟然只能繼續當窮苦的農民，或支領固定薪水勉強餬口的公教人員。

關鍵在於他老人家，在某一天某一個重要時刻，做了一個自以為聰明的選擇。最後不但跟大筆田產擦身而過，連老命也成為日本軍警與土匪交戰下的冤魂，被一顆不知道出自哪根槍管射出的流彈，終結一生。

我沒見過曾祖父，甚至沒見過祖父和他的兄弟。所有的故事，全是零零碎碎從我父親那兒聽來的。

父親畢竟上過學校，當過公務員，隨興轉述我祖父講過的故事，儘管片片段段，隱約仍有脈絡可循，足夠讓我穿針引線地將那些場景那些人物，理出一些頭尾補綴拼湊。

2

在那個出門靠兩條腿走路，過河涉水先脫下衣褲，要不就得花錢搭渡船的年代，車路頭附近肯定是得了地利。大圳溝上已經架有供牛車通行的木板橋，田野間分布著幾座有錢人家的大竹圍。

打老遠望去，確有幾分逐步興旺的聚落模樣。

其間，開私人蔗廍的，榨花生油、菜子油的，經營碾米間或種洋麻製麻繩、織麻布袋的，每天挨著圳溝旁屠宰大批豬隻的，收集稻草編草繩、草鞋、草包的，一家幾口人當木匠、泥水匠的，擁有整組罟船可以隨時出海捕魚的……，均屬富有人家。他們經營的生意，不但涵蓋海邊平埔族的番社，更伸向必須花幾個鐘頭才夠來回的宜蘭城。

剩下的窮人家，種稻種菜、種芋頭種茭白筍，靠老天爺臉色吃飯，無一不是儉腸捏肚地餵養一家子。家裡需要任何生活用品，就到我曾祖父的店裡賒欠。

鄉下有些年輕人，不甘心長年處於挨餓狀態，索性離鄉背井四處去討生活，有的趁日本人在宜蘭城尚未站穩腳跟，乾脆投奔土匪窩或游擊隊，混口飯吃。

日本人握著武士刀威嚇，說反抗皇軍的皆非良民，全是打家劫舍的土匪。這些人成群結隊，有組織的盤踞在荒僻的山窩裡；零散湊合的，則躲躲藏藏四處討口飯吃。

根據後來的文獻記載，不管是抗日游擊隊還是土匪，確實在頭城、礁溪等地讓日本守備隊吃盡苦頭。

難題出在不管游擊隊或土匪，跟平常百姓一樣得吃米糧。宜蘭平原西側和北端的偏僻山窩，也許產木材產木炭產樟腦，也許產銅產鐵產鉛，卻不長稻米。大家再厲害，也沒辦法把木頭土石嚼進肚裡，要填飽肚子只好晝伏夜出掠劫官府糧倉，找大戶人家勒索。

駐守宜蘭城的日軍人數有限，對隔著幾條溪圳與大片荒野的車路頭，以及其他很多濱海村莊，皆屬鞭長莫及的邊疆。土匪常在車路頭出沒，即壞在它雖地處偏遠，卻有著市集的豐盛資源，是他們容易上手的補給站和糧倉。

我不清楚這些習稱土匪的隊伍，有哪些抗日事蹟，倒是聽說過他們在鄉下多少做過一些好事。像礁溪塭底、壯圍濱海一帶，稻作常被接連的風雨摧殘得粒米無收，使不少人家陷於飢寒交迫，他們在某個夜裡卻突然發現門裡被人塞進一大袋米，或一些地瓜、芋頭等，讓他們免於餓死。

所以鄉下人說，土匪是有錢人的剋星，而窮人倒不必害怕。原因是土匪大多屬窮人家子弟，看到別人艱困的生活處境，肯定會想起自己曾經過的苦日子。

曾祖父用竹筒、蛇木、竹篾、茅草架構搭建的簡陋店鋪，任誰都不難一眼看穿，根本沒什麼可藏可掖。小小生意左手進右手出，順著數、倒著數皆歸類窮人家行列，就少了幾分擔心。

3

宜蘭山多，每一夥土匪各有自己的地盤。經常出沒車路頭的，來自礁溪白石腳山窩裡。

聽說那個窩巢非常偏僻隱密，只有當地老一輩的人，知道這個廢棄鉛礦所留下的坑洞。它必須穿進叢草雜樹的山坡，再橫越溪澗，鑽入飛濺激流的瀑布簾幕，熟門熟路才可能找到那個烏沉沉的山洞。

大大小小的土匪下山，總不忘順手抓把含鉛的烏黑泥漿往臉上抹，讓人瞧著先驚嚇幾分。民眾叫他們「黑面番」、「黑面土匪」。

結夥下山的黑面番，身上藏有刀械，但非到必要，不會隨便出手殺人。一旦所要的米糧錢財順利到手，還打躬作揖走人，聲稱他們同樣是父母生養的，走投無路才出此下策。

白石腳山窩這幫土匪，最厲害的是能夠事先掌握掠劫對象的相關情報，例如哪戶人家什麼時候收進大筆帳款？收進多少租金或多少米糧？仿如訂有契約，早已盤算好該拿走多少，該留下多少。

難怪車路頭一帶的富有人家，每每自我調侃說，向土匪納租比官衙課稅還少掉中間一層剋扣哩！遭到掠劫好像不覺得有多大委屈。

他們心底明白，遭劫報官不但不管用，又得花大筆錢弄幾餐豐盛酒肉，接待那些下來查案官員，臨走肯定得搋些鈔票到他們口袋。所以大家非但不報官，對黑面土匪來去行蹤更三緘其口。

早先曾有兩三戶新搬來的人家，備置刀戟長銃，在牆角築銃櫃留銃孔，同時僱用精於拳術打鬥的家丁，防備黑面土匪侵擾。隨後明白黑面土匪自會拿捏分寸，防禦裝備即形同虛設。

有一年，不知道人們做錯了什麼，犯了哪樣禁忌，清明後到中秋之間的每一天，天地間所有的風、所有的雨水，全被老天爺收進囊袋裡，藏得一絲不剩。

男人整天打赤膊，僅用布條繫著寬鬆的短褲頭；年紀上了四、五十歲當了媽媽、阿媽的婦女，一樣裸露著上身。她們把該修補的衣衫鞋襪，用竹籃盛著捧到竹蔭下，邊乘涼邊使針線，腰間插把竹扇方便隨時拍打蚊子。

每一塊土地布滿乾巴巴的裂縫，人們的兩個鼻孔猶如火灶的煙囪，呼出熱乎乎氣息，彷彿只須划根火柴便能將它點燃。

4

家家戶戶拜過好兄弟的某個下午，天氣仍然沒有轉涼跡象，一如盛夏那般燠熱。

曾祖父店裡，來了個上衣被汗水浸得濕透，卻捨不得脫掉的男人。他挑著一副空竹簍，像是從街上賣完菜回來路過的。這個陌生面孔的漢子，甚至連右肩左斜的包袱也捨不得卸下，即開口向曾祖父買菸草。

雙方頭一次見面，曾祖父不好問對方名姓，只能沒話找話，探詢對方在哪個地頭發財？來客抬起手臂朝北方遠山比劃一下，嘴裡含混地說了「那邊」。客人不多話，主人自然不好再打聽什麼。

這漢子仰頭拉直喉嚨，兩三口喝光曾祖父遞給他的一大碗青草涼茶。曾祖父拎起茶壺再倒一大碗，對方連連稱謝。結帳時，曾祖父收下菸草錢，忙著找回餘錢的那一瞬間，瞥見對方右手大拇指外側，多出一根細小的拇指，彷若竹筍根頭突然冒出來的新筍。

曾祖父驚嚇得僵立在那兒，半張著合不攏的嘴巴，一時間連話都說不出來。他不止一次聽村人說過，經常來車路頭打劫的黑面土匪，正是由一個長有十一根手指的土匪頭子所帶領。

好在那男子只顧低著頭微笑，用手輕輕撥了一下染有青綠跡痕的空碗說道：「老闆，錢不用找了，你漏算兩碗茶錢哩！」

「噢，」曾祖父恍如大夢初醒，趕緊回答：「這茶是我老婆拔青草回來熬煮的，免料、免料！」

那人點頭稱謝後，重新戴上斗笠，挑著竹簍離開。等他走遠，曾祖父才真正回過神來，長長地抒發一口氣，隨即發現渾身冷汗，彷彿憋住氣在河裡潛水，潛了很長一段距離，總算可以浮出水面。

曾祖父的雜貨舖子雖小，卻是四周望得見的田野裡僅有的一家，且位於人來人往的要道。因此，老天爺教他見識過各色各樣人物，包括一些個頭粗壯、滿臉橫肉又目露凶光的漢子，都不曾令他害怕過。而這一回，面對一個面貌和善的外地人，只因為多了一根畸形的小拇指，竟然嚇得他差點尿濕褲子。

「我究竟在怕什麼呢？」曾祖父將腦袋朝左右各晃了半個圈子後，拎起茶壺把壺嘴銜在嘴裡，咕嚕咕嚕地灌了幾大口青草茶，好鎮定自己心緒。

「那個人長了十一根指頭，來自北面的礁溪山邊，這不明擺他正是來自土匪窩的頭頭嗎？」曾祖父半瞇著眼睛，回想一下先前場景，覺得自己並未看花了眼，答案非常肯定。

於是他拍了拍光禿的額頭，告訴自己：「大白天，又不是做眠夢，我連那根多出指頭上的小片指甲長什麼樣子，都看得清清楚楚哩！」

接著，曾祖父再張嘴把茶壺裡的青草茶喝得一滴不剩。

鄉下人家，通常在天沒亮便燒好一大壺茶水，讓家人和來客解渴。壺裡煮的是什麼茶，視到手的材料而定。天熱時，不外是野地採來的桑葉、青草，熬煮後用冷水逼涼；天冷則換成一般茶葉，或者晒乾的桔皮、佛手瓜、芭樂、龍眼肉，燒好後懸在灶頭上保溫，好喝熱的。

聽父親說，青草茶清涼去火又利尿，多少要羼點黑糖熬煮，大伯父小時候經常毫無節制地偷喝，喝到成天流著鼻涕和口水，甚至拉肚子，臉色蒼白帶綠，每當太陽照到那鼓起的肚皮，似乎可以看到青草茶在肚子裡咕嚕咕嚕蕩漾個不停。

5

故事回到曾祖父錯失成為大地主的那個機緣，當然與青草茶脫不了關連。

同樣是某個熾熱的午後，店裡來了一個穿戴整齊卻讓太陽把臉晒得揪成一團的男士。這人扮得像畫片裡的紳士，上衣口袋插了一枝萬年筆，手裡拎個帆布公事包。

這副官模官樣瞧在鄉下人眼裡，不難猜出是衙門出來的官差。他果然簡明扼要地表明，自己是代表政府下來調查土地使用狀況的。

曾祖父張開手掌抹掉長條椅面的灰塵，再請對方就坐。那人順手把公事包擱在桌上，落坐之前先抽出塞在腰帶上的毛巾，擦拭滿頭滿臉的汗水。最後還用它彈了彈褲管的灰塵，也沒漏掉鞋面。

他腳下穿著一雙黑色布面的膠底鞋，這鞋的大拇趾和其他四個腳趾分開，應該是日本人弄進來的，等級僅次於日本官員所穿的皮鞋和長統馬靴。

曾祖父雙手捧上青草涼茶，穿著開襠褲的祖父在哥哥慫恿下，將一小碟家裡醃漬的蜜餞，及一把竹篾編的八角扇，塞到那人手裡。

土地調查官員很快喝掉那碗青草茶，緊接著又塞了一粒曾祖母用珍珠李醃製的蜜餞，邊咀嚼邊點頭，臉上的皺紋立刻像化開的糖水。

這才慢條斯理地打開皮包，抽出一疊資料，翻了又翻。

他頭都沒抬地問了曾祖父一些問題。例如全家老老小小共有多少人？店舖面積多大？在車路頭開店落戶多久了？後面菜園是自己開墾的，或是向人家租來的？

站在一旁的曾祖父，猶如乖順的孩子面對父母訓話那樣，嚅嚅囁囁地據實作答。

末了，那人招手示意我曾祖父靠近一些，刻意壓低聲音，偷偷地告訴這個鄉下人說：「我看你是個老實人，有老婆跟幾個小孩要養，光靠小店舖和那一小塊菜圃肯定不夠開銷。日本政府開始清查土地利用情形，過了年，會根據調查資料及實地標示進行登錄，你多削剖一些竹片，插在店舖附近的荒地上做記號，範圍越大越好，將來登錄上簿冊，整片地就是你的。」

臨走時，對方想到我曾祖父全家不識字，馬上用那支戳蜜餞的竹籤，在地面寫了一個反向的「匸」字，並在這個反向匸字的肩膀加了兩點，說：「這個字是日本人寫的『吳』，我翻過名冊，這一帶僅你一家姓吳，你拿小刀把它刻在每根竹片當作記號就對了！」

曾祖父在那人離開之後，馬上拿一張木頭凳子架在地面那個日本字上頭，免得不小心踩糊了。接著帶曾祖母，很快用柴刀削剖了一捆又一捆竹片。除了穿著開襠褲、掛著鼻涕還流著口涎的祖父，是個沒事的閒人，他的幾個哥哥同樣得拿起磨利的小刀，逐一在剖好的竹片上面，一筆一劃地刻下那個日本人認得的吳字。

竹子纖維銳利，容易刺傷割傷人，大人小孩一旦受傷，只需將傷口塞近嘴巴吸幾下即可止血，再不成抓一撮青草搓爛敷著。畢竟這疼痛的代價，是用來換取一片田地哩！誰敢隨便叫痛。

6

中秋過後，太陽不再那麼勤快地早起晚睡，不再那麼凶悍。尤其沒有月亮的晚上，一到傍晚即夜幕四合，路上鮮少行人。

曾祖父總是早早關攏店門，讓全家人在煤油燈光照映下吃晚餐。白天滯留在屋裡的溫熱尚未消散，一家老小已在做臨睡前的準備。

天上的月亮，彷彿每天被人偷偷咬掉一口的大餅，越來越細瘦，終於害羞地躲得不見蹤影。於是，店鋪前那少有人跡的道路，往往會響起嘁嘁喳喳、嘁嘁喳喳的嘈雜聲響。

村人打赤腳走在泥巴路上，是發不出這樣神氣的聲音，腳下踩出如此聲響，至少是穿了草鞋的腳丫。除非要上宜蘭城，我們鄉下人習慣打赤腳。縱使四處來去串門子走親戚，到廟裡拜拜，在廟口聊天看戲，統統不興穿鞋。

大家說，誰有幾兩重彼此清楚，又不是皇帝出巡，有啥大事值得穿鞋，穿鞋穿給誰看呀！

如果有人向你炫耀，說他天天穿著皮鞋走來走去，而且是真皮的皮鞋。你千萬別相信！他真正的意思是說，天天踩在地上走的，是長在自己身上真皮真肉的一雙大腳丫。

所以那種穿著草鞋所踩出的嘁喳聲響，通常在半夜裡由北邊過來，隔個一兩個多時辰後，再從原來的路徑離開。這些摸黑疾走在鮮少人跡村路上的人，腳下穿了草鞋，當然不是要向誰炫耀，而是必須走遠路過來的黑面土匪。

聽到這樣的腳步聲，一般人家會趕緊捂嘴噤聲。一直等到那腳步聲響遠離，才鬆下這口氣，試著重新閉上眼睛入睡。

鄉下入夜時分本就靜悄悄的，經過第一陣嘁嘁喳喳的腳步聲之後，天地間那種一切復歸寂靜的虛無，更像嚴冬的凍霜那樣，把整個夜晚凍得絲毫不能動彈。

雖說這是事先料到該有的熟悉聲響，大家仍不免繃緊神經，靜待這腳步聲儘速通過離去。只有小孩子不敵瞌睡蟲，能夠睡得香甜，大人一旦被驚醒後總是輾轉難眠。

更不難想像，掉了好幾顆牙齒的曾祖母，此刻總要抿著嘴、勾著頭，雙手合十地用指尖頂著下巴頦，祈求老天爺和佛祖，保佑全家人度過一個平安的夜晚。

可這樣的禱告有時不見得管用。

某天夜裡，嘈雜的腳步聲再度傳來，清楚地由曾祖父雜貨店南側的路頭，逐漸逼近。毫無疑問的，是那幫黑面土匪掠劫村子之後，趕著折返白石腳老巢。

未料腳步聲到了店門口卻戛然而止，門板同時響起叩叩叩地敲門聲。曾祖父和曾祖母的心跳，緊跟著腳步聲及敲門聲加速彈跳。

曾祖父不得不應聲，提著煤油燈去開門。

站在門口的正是先前在大白天來買過菸草、喝過青草茶的漢子。他雙手作揖地笑著說：「真不好意思，半夜把你吵起來。實在是因為兄弟們趕路口乾，想討點青草茶喝。」

聽到十一指這麼說，曾祖父雖然放下心裡那塊石頭，還是有點結巴地向十一指說明：「暑熱天是會熬好一大壺青草茶擱著，但它偏寒去火，半夜喝它肯定拉肚子。尤其中秋過了，不能再喝青草茶，已經改燒其他茶水，但不管燒什麼茶都不宜隔暝，一到傍晚必須將喝剩的茶倒掉。我看這樣吧！大家稍等一下，待我拿柴刀到屋後去砍幾根甘蔗。」

於是十一指塞給曾祖父一把銅板，讓他那群嘍囉每人握著一節甘蔗離去。

鄉下人購物大多賒欠，要等到稻作收成，甚至年關才結帳，沒想到這些黑面土匪不但付現，還不讓找零。這給曾祖父留下極好的印象。

7

萬萬沒想到，事隔十來天，全家人已經入睡好一陣子，曾祖父和曾祖母突然被一陣腳步聲吵醒。

沒聽到有人敲門，只聽到腳步聲從門前直接繞到屋後，很快傳來甘蔗被劈斷的聲音。曾祖父當然明白哪些人偷甘蔗，在這深更半夜，只能任由他們去瞎折騰，免得惹禍上身。

「唉，牛牽到北京還是牛，賊終歸是賊呀！」曾祖母懶得睜開眼睛，即言簡意賅地下了評語。

曾祖父則越想越氣，他惱怒的是，先前十一指留給他盜亦有道的極好印象，全在這一瞬間破滅了。

夫妻二人無奈地翻個身設法繼續尋夢，當作不曾聽到屋外有什麼動靜。

未料，那陣腳步聲剛離開，便聽到門板縫裡連續傳來銅錢掉落地面滾動的聲響。有些銅板直接掉落在墊腳的壓艙石上，先則彈珠般彈跳滾動，再各自繞個小小圈子打轉，躺平之際還發出像似有人站在遠處鼓掌的響聲。

曾祖父尋思片刻，忍不住好奇地點亮煤油燈，到門後察看動靜。在昏黃迷濛且搖晃的燈影下，他瞧見地面散布著銅錢，新舊不一的銅錢反射著不一樣的光澤，彷彿屋外一角星空不知在何時破門闖了進來，倒映在地上。

這情景頓時讓曾祖父覺得有些尷尬，認為自己肚腹狹窄，冤枉了十一指。

從此每隔一段日子，摸黑來去的這幫土匪，打車路頭經過時，渴了，便不動聲色地繞到店舖後頭，砍走幾根甘蔗或摸走幾條黃瓜。

當然，他們不曾忘記往門縫裡塞進銅板。

8

過了重陽，曾祖父的神情顯得格外緊張，晚上常常睡不著覺，很怕聽到那陣熟悉的腳步聲響起。

老人家特別感到害怕的原因，是他無法不想到日本警察在門邊綁的那塊木板。木板上面貼著緝拿要犯的懸賞告示，主角正是「十一指」。

蓋著血紅大印的告示，把十一指畫成凶神惡煞模樣。和以往其他懸賞告示不同的是，在十一指臉孔旁邊畫了一隻手掌。這隻張開手指的右掌，共有六根指頭，在正常的大拇指旁邊多長了一根較細小的拇指。

沒錯，的確是曾祖父親眼見過的那隻手掌。

小孩子不知道事情嚴重性，祖父他們幾個兄弟每天起床出門尿尿玩耍，從不忘記先去點數告示牌上的手指頭。村裡的小孩路過或來買東西，也會指著那張圖畫：「一寄、你、上、細、狗烏、洛庫。一寄、你、上、細、狗烏、洛庫……」反覆地數個幾遍。

村人見了這塊告示牌，總要調侃曾祖父說：「頭家，你有夠厲害，竟然請到十一指當門神，這下誰都不敢隨便賴帳哩！」

「唉！」曾祖父搖頭苦笑：「日本仔警察真不管我全家死活，掛好告示要離開時，手裡還握住腰間的刀把，再三交代我要負責顧好。唉，萬一哪天十一指路過看了，把帳算到我頭上，那才冤枉哩！」

鄉下人一向認命，認為躲不掉的事兒遲早要來，只是萬萬沒料到這麼快。要命的告示才掛上幾天，黑面土匪真的來了。

曾祖父將兩隻手掌彎曲成舀水的勺子，分別豎在耳朵後方，仔細地聆聽屋外動靜，果然聽到那熟悉的腳步聲由遠而近，再由近而遠。

曾祖父暗中慶幸，這些黑面土匪只是路過未做停留，想來不曾注意到告示牌內容。而就在這個轉念瞬間，卻聽到有人輕叩門板。曾祖父一度懷疑是路面石子被風颳起，彈到門板發出的聲響，便不吭氣。

等第二次叩門聲響起，門縫即傳進來十一指那略帶沙啞的口音：「頭家，我是十一指，你不用起來開門，聽到我說話應應聲。」

耶！這幫黑土匪明明離開了，十一指怎麼走回頭了呢？難不成為了告示牌找我算帳？曾祖父心裡害怕，卻不敢怠慢地趕緊應聲，準備點上煤油燈去開門。

十一指從門外再次提醒：「頭家，不要點燈不用開門，因為那些四腳仔已經到處貼出告示要抓人，所以我說完話就走。」

曾祖父順從地蹲在門邊，聽著對方說話。

十一指告訴曾祖父說：「看到你牆腳堆著一大捆刻了字的竹片，不知道是哪個人出的壞主意，你千萬不要中計。咱攏總是鄉下人，誰都知道土地要有氣力去開墾，去種菜種田才有價值。你孩子還那麼小使不上力，單靠你們尪某兩個人，又不是戲臺上的孫悟空變把戲，能種多少田地？」

曾祖父呼吸到一股由門縫鑽進來的菸味後，腦袋霎時清醒了些。繼續聽到十一指說：「一根竹子可以剖出好幾支竹片，光是插插竹片誰不會？如果你把這一大片長了幾百年雜草雜樹的荒野地，全插上做記號，讓那些四腳仔在書類上登錄在你名下，將來不管你是不是開墾種稻種菜，或者繼續放著它長草，他們就會根據你做記號所登錄的範圍，年年要你繳一大筆稅金，縱算你賣掉店鋪內所有貨品，恐怕也應付不了！」

十一指說話的時候，曾祖父像是學徒聆聽師父教誨，不斷地朝著門板外黑糊糊的夜色點頭應諾，末了還是把門掰了一道隙縫，隔著門板稱謝。

等曾祖父躺回床上，直到天亮的幾個時辰，怎麼也合不攏眼。曾祖父心裡想，自己沒讀過書，這幫土匪應該一樣，但他們四處掠劫所遇到的人、碰上的事，絕對比他這個窩在鄉下開小店鋪的要廣博。

他還想起老祖宗掛在嘴邊的幾句話，說是：「放花會香，放錢能生錢仔囝兒，但擱著病不治會加重，存放整大簍柑仔最後肯定整簍爛掉！」

所以曾祖父的結論是，十一指說得實在，自己既然種不了那麼多地，圈來任它繼續長草，豈不是要冤枉花很多錢去繳稅金。

至於那個到店裡調查的官員，雖說聽命於日本上司，話音裡畢竟滿嘴宜蘭腔，應該是宜蘭城的人，他願意透露箇中機巧，絕對出於善意。

「唉，有些事情確實不容易秤出斤兩，得靠自己決定選哪一樣。」曾祖父邊想邊環顧身邊幾個孩子，無奈地嘆了一口氣：「要怪只能怪自己『爸老囝幼』吧！」

心底經過連續幾天幾夜的鼓擣，曾祖父最後告訴曾祖母和孩子們說：「嚼不爛的骨頭，丟給野狗也強過啃壞自己的牙齒。」

一旦下了決心，便把整捆整捆的竹片抱到爐灶前充當薪柴。因為不管是一根竹子剖成兩半或四分之一，皆不耐風雨，撐不起籬笆，做為柴火燒起來倒是頂旺的。

9

吃了立冬湯圓，日本警察下鄉逐戶訪查，蒐集土匪出沒的相關情報，要求村裡大戶人家一旦遭搶必須抵抗還擊，同時敲打銅鑼示警，方便彼此間相互支援。

這個原本是日本軍警力有未逮而少過問的邊疆，突然受到重視，是那幫黑面番不曾料到的，所以當他們再到車路頭作案，已經從過去攤派收帳式的掠劫，演變成刀槍火併場面。頭一回應變不及，難逃落敗潰散的下場。

土匪們抱頭鼠竄經過曾祖父店鋪時，強行扳開門板闖進店來，把幾個裝小魚乾、龍眼乾、糖果球的玻璃瓶罐逐一打碎，放置昆布、筍乾、酸菜的竹簍也被掀翻。

躲在布簾後大通鋪的一家老小哭成一團，十一指把曾祖父拉出來，用草繩反手捆綁在柱子上。

他邊打著繩結，邊貼著曾祖父耳朵小聲交代：「整個宜蘭沒有什麼人認得我，這一帶大概只有你見過我，我怕你遭連累。這是做給日本狗仔和村人看的，等一下就可以叫你老婆、兒子去找村人求救！」

經過這番折騰，黑面土匪沉寂了一段時日。直到過完年的一個夜裡，村子裡再度響起敲打銅鑼的聲音，十字路口不斷地傳來嘈雜的腳步聲。粗魯的吆喝間夾著斷斷續續的槍響，彷彿忽大忽小的雷陣雨，把全村人吵醒。

曾祖父猜想，一定是土匪對上次挫敗心有不甘，特地再來報仇。曾祖父不敢點燃煤油燈照明，可黑暗更添加了恐怖氣氛，他咬緊牙關帶著大兒子，合力抬起櫥櫃桌椅，去頂住門窗。

10

槍聲由密集而稀疏，直到天亮時分完全停歇，才有人敢出門打探消息。

車路頭十字路口與鄰近橋頭，到處血跡斑斑。找到的土匪屍體共有五具，一個橫趴在路中央，一個大半身栽在路旁水溝裡，另有兩人倒臥在路邊草叢，而死相最悽慘、最恐怖的，應該是仰躺在橋頭的那一具。

他已經少掉半邊臉。勉強留一層皮肉連在頸脖上的半張臉孔，無力地朝一旁歪斜，彷彿被砍折的老絲瓜藤，不停地湧出紅灰摻雜的漿汁。打肩頭伸出去的右手，恰巧抓住由後腦勺甩出來的那根長髮辮，似乎有意向眾人宣告，自己正努力地想留住這半邊腦袋，萬一連接腦袋和頸脖的那點皮肉撐不住，分家了，他還來得及把掉下來的半邊腦袋緊拎在自己手裡，不讓它丟失。

日本警察命令幾個圍觀的年輕人，將屍體抬到木板橋上排隊，要那些大戶人家出面辨識他們的臉孔，同時檢視他們的手指。結果，並未發現長有十一根手指的土匪頭。

家住橋頭的老人，取來一個晒乾剖半的匏瓜勺子，幫那個僅剩半邊臉的土匪，遮住失去的那一半，可持續湧出的濃稠血液混著腦漿，仍不斷地沿著略帶拱形的橋面流淌，再滴進河裡。

據說，這些土匪如果死在別的村莊，通常做法是就近找塊荒野地挖個大坑埋了。這回算他們死對了地方，因為車路頭離海邊沙崙墳地不遠，雖說同樣是擠在一個大坑埋掉，但周邊躺著的都是生前有名有姓，且明白刻在石碑上的鄰居。每年清明前後，這些鄰居的後代子孫會來掃墓，有這樣熱熱鬧鬧場面，總比躺在荒郊野外被雜草湮滅好很多。

在這場日本軍警與土匪的火併中，以曾祖父的年齡和從事的行業，免不了要被找去審訊並指認土匪屍體。他能夠幸運地不去觸碰那些血淋淋的屍體，是因為他帶著大兒子摸黑用桌椅頂好門窗時，有顆子彈從屋外告示板鑽進來，然後打穿他的右手臂。當然，這也使曾祖父不幸地成為這場槍戰的無辜受害者。

四處搜查的憲兵，起先以為曾祖父的傷是裝的，除了用手指戳戳被子彈洞穿額頭的十一指畫像，還學著老鼠模樣把朝天鼻趨前，對準彈孔嗅了一陣。最後命令曾祖父拆掉裹在手臂上的布條，揭開糊在傷口那坨擣成爛泥餅的青草，仔細瞧了瞧，才正經八百地透過通譯告訴曾祖父說：「這是土匪的流彈打到的，與日本軍警無關。」

在那個缺乏醫療資源的年代，鄉下人對刀槍創傷的治療方法，是每天擷些「刀傷草」絞汁塗抹，若是傷口大則連同殘渣一起糊上，或是到廟裡去向神明求取香灰爐丹，倒進米酒攪成膏藥。

曾祖父痛苦地拖磨一個多月，撐著那隻腫得跟大腿一般粗、不斷流淌膿血的手臂往生了。若用現代醫學常識去推斷，應當是傷口受到感染、潰爛後導致敗血症不治的。

11

過了很多年，我父親問我祖父說，為什麼大家不怕土匪，反而害怕官府？

我祖父引述曾祖父的話，告訴我父親說，土匪專搶有錢人家，我們家是個簡陋的小店鋪，家裡沒有錢也沒有貴重物品值得他們搶，土匪根本瞧不上眼。

更何況，十一指那班人會去當土匪，大多也是窮得沒法子過日子的，對窮人家多少有幾分同情心。至於官府，大部分的官差只求表現，誰也不管百姓死活。心黑的，甚至明的要一份，暗的也要一份，好塞進自己口袋，外表裝扮得人模人樣，心地卻比土匪還凶惡。

「既然開店做生意，每天多少有現金進出。土匪認的是錢，他們哪管什麼店大店小呀！」這是我單純的想法。

父親告訴我：「『銀貨兩訖』是現代人才有的思想。早年全村的人彼此熟識，無論買酒買糖，買油鹽柴米，也不管消費者家裡有錢沒錢，習慣上一律先行賒欠，由店家把帳記在牆上或帳簿。等到稻穀收割賣給碾米廠之後，甚至等年節賣了飼養的雞鴨、大豬，才拿錢還帳。

「車路頭不乏有錢人家，照說他們可以付現，不必等收成或年節時還錢。問題是，當大多數村人用賒欠，如果有人即刻付現，豈不是在向人炫耀自己的財富？所以他們照例先行賒欠。」

父親說到這裡，令我想起十一指讓我曾祖父燒掉那一大捆刻字竹片的事兒。我認為，十一指確實讓我曾祖父少繳了很多稅，可小店舖周圍那一大片野地，也因此沒有一寸半分歸在我曾祖父名下。

父親接著說：「你曾祖父訓誡過你阿公和伯公他們，要他們記得告訴兒孫們——種瓠仔不生菜瓜，種菜瓜不長鳳梨。意思是，不該我們有的，不要去奢想它！」

於是，曾祖父的話從祖父、父親一路彷彿樹木開枝散葉這麼傳下來。不難想見，我們這些子子孫孫理所當然地一路跟著窮下來。

等大家開始懂得有土斯有財的道理時，一切晚了。任何年代所種的每叢菜、每一支秧苗，甚至連小鳥拉屎播種長出來的芭樂、龍眼，全都只能種在租來的土地上。

12

曾祖父過世不到兩年，白石腳那班土匪全教日本軍警給清剿了。

據說，緊跟在日軍小隊長身邊的通譯，曾經向其親友透露那個血腥現場的見聞，指出不但屍橫遍地，整條溪澗全被鮮血染成紅通通的。日本人無法分辨哪一具屍體是土匪頭子十一指，只好對外宣稱殲滅了全部的土匪，含糊地暗示包括那個長了十一根手指的土匪頭子。

礁溪的警察，把抓到賭天九牌和偷砍山上木頭的農民，押去做埋屍和清理現場的工作。根據這些人事後描述，二十來個遭武士刀砍刺或中槍身亡的壯漢，臉上全塗著厚厚的黑色鉛土，像是才從礦坑爛泥裡挖出來的屍體。

最讓人驚奇的是，所有屍體的右手掌大拇指連帶部分手掌肉皆被剁掉，日本軍警根本無從辨認有哪具屍體多出畸形的拇指。

事情傳開，宜蘭城的人遇有陌生男子擦身而過，總要盯著對方的右手掌瞧個仔細。

我們鄉下人代代相傳人世輪迴之說，認為好人壞人死後都會另行投胎。事隔許多年，鄰村那個天生陰陽眼的老魁公，每次到車路頭喝醉酒，就坐在土地廟的榕樹下，對著一旁圍觀的大人小孩說起黑面土匪再世為人的故事。

有一次竟然指證歷歷地告訴圍觀的村人說：「日本人戰敗投降時，在臺北公會堂代表政府接受臺灣總督投降的那個將軍，正是早年常到車路頭的土匪頭十一指投胎的。」

廟公聽老魁公醉言醉語，便嗤之以鼻說道：「你這個老番顛，幾杯酒下肚又開始練瘋話，你跟十一指結拜呀！」

老魁公毫不生氣，反而笑嘻嘻地問一些學生說：「你們全讀過書，你們有誰看過日本人投降時的照片？」

幾個讀中學的孩子搶答，說好像在歷史課本看到，也有人說是在電視看過。老魁公接著問大家：「你們知不知道那些個接受日本人投降的軍人，手上為什麼戴著手套？」

這回，無論大人或中小學生，個個呆楞在那兒。老魁公張開右手手掌，同時豎起左手拇指，把它拼湊到右手大拇指旁邊，然後揭開謎底說：「你們想想，右手多長出一個指頭，為了國家顏面，不戴手套遮掩行嗎？」

廟公不服氣，質問老魁公說：「我看過鄉公所來廟前放映露天電影時所加演的新聞片，在日本東京灣美國軍艦上代表日本天皇呈遞降書的大臣，也戴著白手套呀！如果照你老魁公說的，難不成十一指也投胎變成日本人囉？」

老魁公立刻用近乎歌仔戲的唱腔回應：「唉呀！廟公大人你有所不知，打敗仗的人戴手套投降，是對受降者表示尊敬。至於陪同十一指受降的官員戴手套，因為他們前世大部分是十一指的手下。這些對十一指忠心耿耿的黑面番，集體自殺前先剁掉自己右手大拇指，使日本軍警無法辨識誰是真正的十一指。而在每個人僅剩九根手指轉世投胎的情況下，當然必須跟著戴上手套，遮住那少掉大拇指的傷疤呀！」

平日裡，大家認為老魁公酒後說的話尤其神準。我本來想乘機問他，我那身中流彈傷重不治的曾祖父，可能投胎轉世成為哪種人或哪個人？奈何他一說完十一指受降的故事，整個人立刻癱軟在地，四腳朝天地呼呼睡去，我連話都沒來得及開口。

我揣測，曾祖父若是投胎轉世，不可能是戴手套的官員之一，更不可能變成有田有地的大財主，或者是腰纏萬貫的有錢人。

畢竟他早把那些刻了記號用來圈地發財的竹片，塞到爐灶裡當柴火燒個精光了。也許，曾祖父仍舊有興趣在鄉下開個小店舖吧！

我曾經有另一個想法。曾祖父奉獻那麼多可供圈地的竹片給灶王爺，興許灶王爺心裡歡喜，利用回天庭述職機會，幫曾祖父弄個好差事，至少會把老人家留在身邊當寵信吧！

納悶的是，我在許多廟裡見過諸多神明，祂們身邊多少有幾個部將，卻不曾聽聞司命灶君的灶王爺有過什麼副官、祕書長的。

倒是我的家族從我父親開始，能夠破例地不再當文盲，甚至傳續下來讓我和我的兒孫們讀書識字，應當算上天對我們的一種補償吧！

廟公的燈火

1

我讀小學時，學校教室不夠用，借村裡的古公廟上課。二十幾個本屬散兵游勇，在各自家庭當了幾年土霸王，連狗都嫌的小搗蛋，就這麼一塊兒盤踞在這座小廟裡，整整作亂了兩個學期，才搬回學校上課。

之後，人雖然離開古公廟，大家還是會找時間跑回廟裡玩耍，或去瞧瞧王公的鬍鬚有沒有繼續長長，或帶著紙筆去臨摹、拓印廟牆上的花鳥及人物，畢竟這是個騰鬧過的窩巢。甚至過了幾年，有些孩子到宜蘭街讀初中，多少見過一些世面，遇有假日仍不忘跑回古公廟逛一逛。

到了我成為高中生再回到廟裡的年代，廟裡那位廟公阿公，看起來比從前更老更乾瘦，宛如歷經長期風吹雨打的稻草人，原先結實捆紮在身上的稻草，已經掉落了一大半。

但廟公阿公的記性似乎沒因此變差，依舊記住我們班上大部分男生和女生的姓名，甚至記得哪個人超愛哭，哪個人整天掛著鼻涕，哪個人喜歡不停地啃著手指甲，哪個人動不動就流口水，哪個人說話結結巴巴。

他說：「我早就看出來，你這個孩子跟你父母同樣地念舊、善良，長這麼大了還曉得經常回來走動。真正是古公保庇，讓村內出了個好子孫。」

其實，應該是我一向比班上同學個兒矮，力氣小，活力欠佳，很難跟其他同學做一夥，跑去打球或其他蹦蹦跳跳的競技，閒下來只能埋頭在課外讀物，或者跑來古公廟聽老人家解籤詩、說故事。

廟公阿公解籤詩說故事的本領高強，單憑籤詩上兩三行提示，就能夠從盤古開天說到鄭和下西洋，從濟顛和尚的臭腳丫講到朱元璋的瘌痢頭；也可以從玉皇大帝的天庭描繪到閻羅王統領的十八層地獄，從騰雲駕霧的孫悟空敘述到水晶宮裡的東海龍王。無論大人小孩都愛聽，且百聽不厭。

記得廟公阿公說過，他不曾上過學校。那這些精采的故事，他究竟從什麼地方學來的？瘦骨嶙峋的身軀，究竟在腦袋和腹腸裡藏有多少好聽的故事？這一直是我懸在心底的大問號。

有個星期六下午，天氣陰冷又下著小雨。我跨進廟門，發現廟裡空蕩蕩的，只有三兩隻頑皮的小麻雀飛進來避雨，卻始終不安分地在梁柱間鑽來跳去。老廟公一個人坐著打盹，直到我的腳步聲逼近，才睜開眼睛。

老人家招手要我坐到對面的長條椅上，再用雙掌在臉上搓揉了幾下之後，問我進了高中都讀些什麼書？然後告訴我說：「你們班在廟裡上課時，我每天坐在這裡偷偷地跟著學一點，和進學校讀書沒什麼兩樣。唉！可惜你們只在這裡讀一年書，否則我也可以跟著你們讀完六年小學，向校長討一張畢業證書哩！」

我問他：「如果把中學教室設到廟裡呢？」

廟公阿公的眼神，立刻煥發難得一見的光采，笑咪咪說：「那我就升級了，跟大家一起學ABCD狗咬豬，車輪做畚箕，舉起竹篙捅到美國仔飛行機！唉，這古公廟太小了，又遠在鄉下，根本不可能有中學來當教室。」

「廟公阿公，你雖然少了畢業證書，但你認得很多字，幫很多村人解說籤詩。籤詩裡那些歷史人物和掌故，即使讀過一大堆書的人都不一定懂得呀！」

2

我們聊了一陣子，始終沒有村人來拜拜或求籤，我見機不可失，決定把憋在心底好久的問題提出來。

「廟公阿公，你說你從來沒進過學校讀書，那王公到底教了你什麼絕招？或傳給你什麼祕笈？要不然，怎麼懂得那麼多連我們高中歷史課本都沒寫得那麼詳細，甚至根本就找不到的故事呢？」

老廟公聽我發問，先是皺起眉頭楞了半晌，隨即咧開只剩零星幾顆牙齒的大嘴，哈哈哈地連笑了幾聲，才說道：「哈，我抓到一個偷看武俠小說學生哦！我哪有什麼絕招，什麼祕笈？我不過是從戲班聽來許多故事，說出來給大家聽而已。我把戲棚當學校，跟你們把古公廟當教室應該是一樣啊！

「你要知道，戲棚正是我的教室，戲棚上那些小生、阿旦、丑角，都是我的老師，所有戲文都是我的課本啊！不管演三藏取經、孫悟空大鬧天庭、關公斬蔡陽、孔明借箭、趙子龍救阿斗、孫龐鬥智、包公審郭槐、陳三磨鏡、呂蒙正接繡球、蘇秦背劍、王昭君和番、蕭何追韓信、相如完璧歸趙、臭頭仔洪武君、呂洞賓煉丹……，籤詩裡提到或沒提到的故事，戲裡面攏總有呀！」

經他這麼一說，使我想起我阿公常掛在嘴邊的訓示，便說：「莫非像我阿公說的，人若有心，戲棚腳站久就是你的？」

「對，對，對，你阿公跟我一樣沒讀過書，但他的日本話和漢字無論說啊寫啊都嚇嚇叫，也全是從旁人那裡聽來的，聽多聽久自然學會了呀！當然學得好學得差，跟自己聽不聽明大有關係。像我，從小頭殼罕固力，學什麼總是離離落落，沒有你阿公厲害。」

「不過，我還是有一些想不通的地方。聽說戲班裡都是窮人家的孩子，普遍不曾讀書認字，不識字怎麼看得懂劇本？怎麼能唱出七字調，還有這個調那個調的，把整棚戲演得頭頭是道？」

「哈，也是學來的呀！戲班請來專門的師父教戲，先一句一句地教，再一段一段地教，只要肯學肯練習，練久就是你的。和你們在學校上課差不多呀！」

「可是，我還是有些不明白——」

「嘿，聰明的孩子果然問題多，你還有哪些不明白？」

「我們這古公廟一整年下來，只在二月初九請媽祖那天，以及十一月半神明生日演一兩齣戲，這哪能學到多少？」

「——」廟公沒有回答我的問題，臉上卻露出神祕的笑容。

3

此刻，雨勢已經停歇，只剩一溜一溜亮晶晶的簷滴，斷斷續續地跌碎在水泥臺階。廟公抬頭瞄了天空一眼，便拉著我朝廟埕的大榕樹走去，樹下停放著他的腳踏車。

老人家把披蓋在坐墊和車龍頭遮雨用的兩捆稻草拿下來，指著已經遍布鏽斑的腳踏車說：「這輛自轉車是我這一世人的大恩人，我能夠看很多戲，全拜伊所賜，可惜我沒法度做皇帝，不然就封伊是國寶！」

他看我依舊滿臉疑惑，便繼續說：「我們鄉下窮，戲演得少。但是人家宜蘭街到處是做生意的有錢人，無論輪到城隍爺、神農大帝、媽祖婆、開漳聖王、關聖帝君、註生娘娘、東嶽大帝……，哪個神明生日，除了家家戶戶擺流水席宴客，還要競相請戲班到廟口演戲，一齣加一齣熱熱鬧鬧地演下去，有時候還雙棚鬥，兩個戲班非比個高下不可，讓觀眾看到眼珠子打結，人說『做戲狂、看戲戇』就是這樣來的。我大白天廟裡忙走不開，不可能去看午場戲，只好等傍晚關了廟門，才去趕夜場戲。

「更早的年代還沒有自轉車，得靠兩條腿走路，走一趟花幾十分鐘，回來摸黑更費時間。還好上街時口袋裡搋有飯糰，邊走邊填肚子，等看完夜戲回來，則邊走邊唱著剛聽來的曲調，第二天再叫小孫子捶捶身上筋骨和大腿，很容易就可以忘掉渾身的疲累。

「後來買到這輛二手車，哈，只要聽說哪裡有戲，不單宜蘭街，連礁溪帝君廟，員山碧仙宮，甚至過濁水溪那邊的二結王公廟，我都會騎上這匹像是長了翅膀的赤兔馬，去趕夜戲開場。不管市街、山腳或海邊，看夜戲的人比午場多，人多掌聲多，戲班拿到的賞金自然跟著多，臺上那些小生和藝旦演得更賣力，肯定比下午場精采許多。」

這輛停在榕樹下的飛虎牌腳踏車，以前我在廟裡當學生時沒見過，大概晚了個兩三年，才看到廟公阿公經常忙著擦拭它，有事沒事還拿一支噴DDT的鐵皮唧筒，對著它噴灑油霧，說是防鏽。印象裡，從不覺得它是二手車。

在所有孩子眼裡，它始終是一輛新燦燦的自轉車，做夢都會夢見自己長大時騎著它的神氣模樣。現在經廟公這麼一說，我更禁不住對它多看幾眼，雖然它已經老態龍鍾變了模樣。

廟公輕輕地拍了拍有些變形的牛皮坐墊，彷佛安撫著騎了多年的老馬，然後長嘆了一口氣說道：「怪我這幾年常生病，自己老得太快就騎不動它，也沒心情和氣力擦拭了，它已經鏽得跟我一樣，都變成歹銅舊錫了。唉，以前它可是很神氣，連街上的警察都認得它哩！」

「街上警察也認得這輛腳踏車？」

「沒錯！」廟公阿公右手握拳，猛地和左手掌互相拍擊了一下：「應該說警察不但認得它，還認得它的燈火才對！」

「它的燈火？它哪有燈火？」我重新審視車子，怎麼也找不到車上有什麼燈具。

廟公一定想到我這孩子真的難纏，沒有回答我，自顧自地把稻草重新披蓋到車上，我只好一頭霧水地跟著他走回廟裡。

4

兩人坐定，廟公為自己添了茶，同時幫我這個難搞的聽眾倒了一杯，再抄起搭在脖子上的毛巾，抹了一把臉，才慢條斯理地延續了先前的話題：「燈火這個故事很好玩，不過說起來好像我這個人在吹鼓吹，在黑白臭彈，你真的想聽？」

「想聽，當然想聽！」我不但把眼睛睜大，感覺連耳朵也豎了起來。

於是，廟公阿公弓縮起右腿，將右腳掌踩在長條椅上，開始氣定神閒地講起了腳踏車燈火的故事——

他說：「不知道政府那些做官的怎麼想，剛有自轉車不久，竟然規定晚上騎車要裝燈火，如果不點燈被警察抓到就要罰錢。嘿，把大家都當傻瓜，有錢沒地方花了？

「你想，鄉下人買一輛自轉車談何容易？像我，必須儉腸捏肚好多年，才能半欠半現弄輛二手車，誰還有閒錢再為車子裝燈火？何況，大家慣常日出而作日入而息，這也是老祖宗教的，所以每回我上街看戲和看完戲回來，路上根本不見半個人影，車上裝燈火去照誰？照鬼呀！

「再說，全村僅有的幾輛自轉車，根本沒有人裝燈火。曾經有個例外是土礱間那個頭家，自以為碾米賺大錢，在他新買的車上裝了一顆磨電的燈火，夜裡騎起來確實照得很亮很神氣，把路面上一粒粒大小石頭都照得一清二楚。問題是，那頭家每天傍晚幾杯老酒下肚，撐不了半個時辰，便不省人事地呼嚕呼嚕睡死到好幾殿，自轉車裝了燈火跟瞎子提燈籠一樣，不過是擺擺樣子。好多村人在背後都說，他是錢賺太多若不花掉會手癢，還預言他遲早會把家產敗光。

「果然沒隔多久，土礱間頭家這輛新自轉車，連車帶燈全遭小偷給偷了。村裡竟然有不少人覺得像割掉自己腹腸裡的大瘤，高喊爽快，還說那叫報應，是天公伯睜開了眼睛。

「你看，如果我這個顧廟的，為了上街看戲裝了燈火，哈，嘴巴長在每個人身上，說起來肯定更難聽。唉，沒裝燈確實省點錢也少掉閒話，但我晚上騎車出門，還是會擔心被警察抓到罰錢呀！最後只能自己找個變通的辦法。」

廟公阿公接連說了一長串，才在這兒打住，咳了幾聲清出一口痰後，拎起茶壺為自己添了一杯茶灌進喉嚨。我等他喘了一口氣，才問道：「不裝燈火還能找到替代辦法？」

「嘿，古早人早說過『有樣看樣，沒樣自己想』。或許也是王公給我的靈感吧！我點燃三炷香，用棉繩綁在自轉車的龍頭支柱上，充當燈火。這三粒火紅的亮點，面對著整個黑壓壓的天地，雖然沒什麼照明效果，至少可以警告來車，避免相撞。何況我剛說了，鄉下道路一入夜，根本沒有什麼人車通行，哪需要警告？」

「這麼做，警察就不抓你了？」

「我用這個辦法來回宜蘭街，走了無數趟始終通行無阻，心裡正得意著王公果然有保庇。直到某個晚上，回程路過國姓廟附近的派出所，遠遠瞥見派出所如常地掩著門扇，只剩門楣一顆紅燈球吸引一群飛蛾兜著圈子，便繼續哼著從戲棚上學來的唱腔，歡歡喜喜地唱著『我身騎白馬走三關，改換素衣回中原，放下西涼無人管，一心只想我的王寶釧……』

「未料前面突然射出一束強光，有如齊天大聖孫悟空那支金箍棒，徑直地捅到我臉上，我順勢吞了大口口水，準備壓扁喉嚨，好威武地吼一句『來者何人？膽敢攔阻本王！』可惜這話尚未出口，車龍頭已被一隻強而有力的手，牢牢地擒住。

「這時，我才看清楚有個歪戴帽子的年輕警察，持著手電筒攔住去路。他用夾雜著外省腔的臺語，怪腔怪調告訴我：『歐吉桑，政府規定暗時騎腳踏車要點燈火已經很久了，你怎麼可以不遵守規定呢？我在值班臺看過你許多遍，總是睜一隻眼閉一隻眼，可是你並不把我們派出所看在眼裡，竟然大搖大擺地唱起歌來，到底喝了幾杯？』

「我看那警察嘴上無毛一臉稚嫩相，年紀跟我孫子差不多，敢沒大沒小對待我這個老人，腹內一鼓勁冒出無名火，很自然地接續晚間戲臺上的唱腔和道白，想好好地跟那警察大人論辯一番哩！」

5

話說到這兒，老廟公突然站了起來，挪開長條椅，把身體轉向廟門外，彷佛那警察已經站在廟門口，牢牢地抓著廟公的車龍頭。廟公便對著虛空裡的警察幻影，比手劃腳地展開一場對話。

廟公說：「唉呀！警察大人你冤枉草民了，坦白講，像草民這款小小戇百姓，只要聽說有警察大人在哪兒，閃避都來不及，哪敢看著你們大人的派出所呀！再說草民年紀大，眼睛一向長有許多眼屎，哪有什麼辦法把你們看在眼裡？」

說完這話，廟公迅速跨前一步，再調轉個頭。一手插腰，一手用指頭指著自己剛才所站的位置說：「哼，什麼草螟不草螟，你老人家自己都曉得眼睛不好，暗時還敢出來亂亂跑，騎車還敢不裝燈火，多危險啊！我看這應該罰得更多才對！」

廟公換回先前位置，也換回自己原有的蒼老腔調，說：「我講的是草民，不是草螟了。哦，我說警察大人，你可千萬不能冤枉好人，你沒看到我這車把手上正燒著三炷香嗎？現在車子停著不動，看起來煙多火小，不是很亮，當草民，哦，當我騎著車子朝前走的時候，這香經風一吹便會很亮，而且騎得越快它越亮哩！」

「嘿，你把我這個警察當成三歲囡仔？點三支香怎麼能算車燈？」廟公一旦頂替警察的身分，聲音果然簡短有力。

「唉呀！大人你有所不知，我是溪埔仔村古公廟廟公，任何人到廟裡點三支香敬拜神明，不管哪一尊王公看了都是笑呵呵的。神都可以歡喜領受，怎麼警察大人就不行，說它不能當燈火呢？再說，鄉下四界全是荒野地，一向人少鬼多，我這三炷香不但是自轉車的燈火，一路上還可以避邪驅鬼哦！」廟公越來越像戲臺上做戲的，該有的身段臺步聲調緩急，統統顧全了，堪稱是唱作俱佳。

可歪載帽子警察似乎不買他的帳，拍拍手上的公文夾說：「歐吉桑，我代表政府執行命令，規定不行就是不行，腳踏車燈火要裝那種用車輪磨電的，或是裝填電池供電的才算數。」

說到這裡，廟公從牆上取下一個白色帆布袋告訴我說，他看到歪帽子警察絲毫不能通融，便從掛在車把手的這個帆布袋裡，掏出火柴和一大束香支，拿到警察面前，改採哀兵政策說：「拜託大人啦！我真的有顧到暗夜的騎車安全。用磨電或裝電池的燈火，一旦故障或電池在中途用光了，不就黑麻麻，這時再求王公拜神明，再哀爸叫母攏總沒效；而我這燈火都是準備一大把，熄了點，熄了再點，原先的燒光了立刻燒新的，想點到臺北或高雄都不成問題哩！」

廟公把火柴和香支放回帆布袋後，再從上衣口袋裡掏出一包「樂園香菸」，老練地抖出一支紙菸，像拿炷香拜神明那樣虔誠，雙手舉到虛擬警察的胸前說：「警察大人，這麼晚還害你不能休息，真是罪過，這是草地郎抽的香菸，不棄嫌就來一支吧！」

廟公跨一步換到警察的位置，即張開兩個手掌當盾牌，顯然是那警察拒絕了廟公敬菸的好意。

廟公無奈地收回他的香菸，說：「警察大人，你真正是老實又標準的少年郎。我原本也不吸菸，可是只要碰到沒有月娘的夜晚，除了三支香外，我還會點支菸叼在嘴上，讓我這輛車子的燈火更加光亮。」

廟公形容，那歪戴帽子警察經他一稱讚，只得趕緊用左手撥了一下帽子，大概想把歪向左邊的大盤帽扶正，未料勁道大了些，這回改向右邊歪斜。

廟公模擬那警察自顧自地摸了幾下腦袋，把公文夾夾回腋下，才正色地告誡：「歐吉桑，以後夜間行車還是要裝燈火啦！買一輛車那麼多錢都花了，裝燈跟買車比起來只是小錢，這也是為了自己的安全呀！」說完緊接著揮一揮手，表示放行。

6

廟公阿公就在我這個高中生面前，一人分飾兩個角色，一會兒大聲嚷嚷，一會兒低聲下氣，又拍胸膛又指東指西地說完他的故事。我始終憋住氣，不敢吭聲更不敢笑出來，怕岔了老人家說故事的興致。

最後實在忍不住好奇，也只敢輕聲問道：「這腳踏車後來裝燈了嗎？」

廟公一口氣喝掉半杯茶水，撈起頸脖下的毛巾抹了下嘴，說：「我回到家裡想了想，總不能因為貪看幾場戲去裝車燈呀！人家土礱間頭家有閒錢裝燈都被眾人嘲諷，換了我這個窮廟公，不就變成村人眼中的膨風蟾蜍，沒錢還要假大扮？唉，可是自己偏偏戒不了戲癮，只能另外想其他辦法嘍！」

「廟公阿公，你真厲害，不裝燈被警察抓到警告了，還能有其他辦法？」

「哈，戲棚上做戲說的，急中生智嘛！從那以後，每當我騎車子到了派出所前後三、四百公尺時，便下來牽著車子走。很多村人都能認同我的做法，大家說牽著車子走，跟牽狗牽牛牽豬哥的道理相同，什麼人能規定牽狗牽牛牽豬哥走路還要點燈火？」

這廟公阿公頭殼真不簡單，故事聽到這兒，我都想用力鼓掌叫好。但他接著道：「俗話說，冤家路窄。我才牽個兩三回，又撞見那個歪戴著帽子的年輕警察，好在這回他只是邊搖頭邊苦笑地說：『廟公阿公，你這樣會教壞囡仔大小哩！不好啦！』

「我只能賠著笑臉說，乳母大人呀，你有所不知，全村從村頭到村尾，也只有我這隻老暗光鳥會在夜裡飛來飛去，愛到宜蘭街看戲。其他老老小小，早都睏到十八殿了！

「結果那警察楞在那兒好一陣子，才問我說『什麼叫乳母大人？』我向他解釋，草地人說乳母，正是北京話說的保母呀！北京話教我們說警察是人民的保母，換成草地人說法，便是警察大人是老百姓的乳母呀！那警察大概沒遇到過我這種像麥芽糖那麼黏答答、勾勾纏的老頭子，只好再度笑著揮揮手，讓我繼續牽著車離開。」

燈火的故事到此告一段落。廟公阿公表示：「後來，這個年輕警察和我成了不分老小的朋友，好幾次輪休就跑到廟裡來聽我講故事。有了這層緣分，讓我想到介紹村裡的女孩嫁他當老婆，可惜還來不及牽線，他便升官調到別縣市去了。」

古公廟的廟公阿公，一直活到近百歲。在他八十歲交棒之後，每天照舊到廟裡幫忙這幫忙那，甚至主動代班，鼓勵接手的廟公多多出去看戲。每次見到我，也總是問我新學到什麼東西？常不常在宜蘭街看戲？

回想過去這幾十年歲月，學校老師教的，當然學了一些；老廟公教的，也學到不少。偶爾跟童年玩伴聊起來，都覺得這一輩子好像從來不曾離開過那間小學一年級的教室。

鄉下田野間，早已遍布密密麻麻的路燈，人們很難去體驗真正的黑夜。大概只有像我這把年紀的人，做夢時才會夢見早年被黑糊糊夜色所圍困並凝結的那種無助和恐懼。

好在無論夢到再怎麼黑漆漆的荒郊野外，彷彿都能夠瞧見三粒不停抖動的亮光。我心底明白，那正是幾十年前廟公阿公留下來的燈火。

電來電去

村長從鄉公所開會回來，大老遠便脫下那雙經常讓他腳後跟磨出水泡的「上朝」皮鞋，像兩條大番薯那樣吊掛在腳踏車龍頭上。一路開展著平日鎖緊的眉頭，逢人就笑嘻嘻地宣布：「電火公司要到咱村裡牽電火嘍！」

全村老老小小知道這個消息之後，彷彿要過年那樣，每個人都很開心，覺得很快可以比照都市人，過那種充滿光明又快樂的日子。

我們村莊距離宜蘭街好幾公里，人口少、住戶分散，幾乎全是窮人家，電力公司大概怕收不到電費，或是瞧不起我們鄉下人，始終推三阻四的，不肯把電線牽到村子。村長這麼宣布，當然讓每個人心花怒放。

經常巡迴各村敲打銅鑼，催促民眾繳交戶稅田賦的阿永伯，鄉公所這回並沒有僱他宣傳，他竟然止不住興奮地四處嚷嚷：「各位父老兄弟姊妹，電要來嘍！每一家裝上電火珠仔，照出來的光，比那全是臭番仔油燒的燈火，可要亮幾百倍幾千倍哩！」

隨即有人質疑：「花錢又費工夫地去牽電火，除了夜裡照光方便洗腳洗尻川，應該還有其他好處才對呀？」

這時，就看到聚在一塊兒談論的幾個人，不約而同做出搔頭尋思的動作。有人半瞇雙眼，有人僵住舌頭癡張著嘴巴，全都靜默好一陣子，才看到古公廟廟公大夢初醒般說道：「有啊，當然有啊！每家的猴囡仔都喜歡玩番仔油燈，一不小心就燒掉房子，如果改用電火珠仔便安全多了。我好像聽過街仔人說，這電的氣力很大，除了夜裡照出亮光，電會做很多事哩……」

「廟公叔仔，電究竟會做哪些事？你直說就是，不要像在廟裡卜籤詩，讓人猜來猜去呀！」

「嘿，我不是正在說著，」廟公伸出手掌，邊說還邊扳著指頭：「聽說它會燒飯，會燒水，會碾米，會製造冰塊和枝仔冰，會放電影，也會叫『拉吉歐』那種木箱子裝的收音機唱歌說笑話，可說是冷的熱的說的唱的全包了！」

「噢，電真有這麼大本事？那是百年難得一見的寶貝嘍？」擺地攤賣糖果和土製香菸的阿接哥，本身是個老菸槍，難免想到跟自己切身的話題，趕緊問道：「照廟公叔仔你的講法，電火珠仔不會燒房子，那肯定也點不了香菸嘍？」

「那電會生囡仔嗎？」我們班上最不愛讀書又最調皮搗蛋的阿添，突然在眾大人之間冒出個腦袋瓜插嘴，弄得所有人同時哄笑一團。

阿接哥伸手拎住阿添一隻耳朵：「哈！猴囡仔，電有的是氣力，當然會生小孩呀！怎麼不會，你不就是雷公打架時生下來的雷公仔囝！」

電力究竟能為村人的生活帶來多少力氣和方便，很快變成了大家見面時的問候語，總是你一言我一語地繞著相關話題團團轉。

天天都看到電力公司工程車在村頭村尾進進出出，載來一批又一批工人，他們每個人腰上都紮著一條特殊的皮帶，皮帶上掛著老虎鉗、扁鑽、剪刀、繩索等叮叮噹噹的工具，有時肩上還套著一大捆一大捆金亮耀眼的紅銅線。讓村裡的孩子看得又羨慕又好奇，一看到工人叔叔爬到電桿上忙這忙那，便爭先恐後地守在電桿下面，等著撿拾掉下來的零頭銅線，蒐集到某個份量，就可以和那個專門下鄉來收歹銅舊錫的老先生換一坨麥芽糖。

工人持續忙了幾個月，從宜蘭街沿著下鄉的公路旁邊，一路豎起數不清的電桿。每支電桿頂上都鎖根橫木、栽了兩粒白瓷礙子，好繫住兩條併排平行的銅線，彷佛火車走的軌道那般，望不到盡頭。村人開始並不認同這麼鋪排的施工，認為電力又不是皇帝或總統那樣的大官，頂多是個看不見摸不到，聽說還碰不得的幽魂，憑什麼如此神氣？需要這麼一條懸在半空的專用跑道，才能夠快速無阻礙地跑到村裡來。

村長說：「大家要知道，橫貫村裡的石子路路面不寬，也不平整，每天總有不少人在路上走著，村人之外還有從街仔下來修鐘表、賣粉圓、補鍋補碗、賣布匹和胭脂花粉的。另外，忙著四處配種的豬哥、運送稻穀的手拉車、載甘蔗的牛車，還有一路走一路喘大氣的公路局客車……，如果電沒有專用跑道，也到這條石子路上跟大家擠來擠去，不但平白耗掉許多氣力，讓進到村裡的電力少很多，萬一恍神，很可能電死路人或豬哥哩！」

除了電力為何需要專用跑道，當然還會有一些大家想不通的道理。例如，從屋梁懸垂下來那顆玻璃球狀的燈泡，僅戴著薄薄一頂螺旋紋路的銅片帽子，照說拉條銅線給它電力也就夠了，何必費事地一次牽來兩條銅線，豈不是啃甘蔗沾糖，吃醬瓜沾醬油？多此一舉。

電力公司的人只強調，必須要兩條線才能分出有公有母，才能電來電去。這樣的解釋，說了等於沒說。到底怎麼個公母，怎麼個來去，難不成有公有母正像阿添說的，會生出電火仔囝？唉，這些科學的事，對鄉下人來說，應該不是那麼容易明白，便再也沒人敢繼續深究探問下去。

信的人，直說電可厲害，什麼事都能做；不信的人，說哪有什麼厲害，它既不能夾菜，又不能扒飯，想餵飽肚子還得靠自己來。

供電的銅線剛架好幾個月，只要有陽光照到，即金光閃閃地炫耀奪目，像阿春姨掛在脖子上那條金項鍊。不但小孩子好奇盯著看，連那些麻雀也是一會兒站上去，一會兒又像是兩隻爪子被燙著般地彈跳挪移。

後來，金亮的銅線逐漸變成黑烏烏的時候，我和童伴們很少朝它看了，麻雀照舊喜歡站在上面，雨水珠子也照舊愛在那細細的銅線上吊單槓或競相溜滑梯。

電力跑到我們鄉下點亮燈泡的頭幾年，雖然沒有人看到它生孩子，但先前聽說的一些好處，例如電火珠仔比番仔油燈更亮更安全，電能燒水、燒飯、扇涼風，也能抽井水、熨燙衣服，的確絲毫不假，都做到了。至於碾米、製冰塊、放電影等其他更大的本事，聽說也會逐一實現。

我們鄉下人一向認分，彷彿出生就學會凡事都很容易滿足。對於當時無法全天供電，僅僅在天亮前以及天黑後各來電兩三個小時，方便家庭主婦料理早餐，讓全家人在日落後有燈光照著吃晚飯和清洗一身骯髒，無不認為是老天爺的體恤和照顧，實在幸福。

只是在小孩子心裡仍不免有些好奇，大家都猜負責管理電來電去的人肯定像極了學校裡的工友伯伯，做事一板一眼。到了上課下課、上學放學的時刻，即分秒不差地把銅搖鐘搖得鐺鐺響，逼全校師生跟著鐘聲行事。工友伯伯是根據學校的功課表，而在銅線另一頭管電的人，手邊應該也有一張村人起床、下田、睡覺的功課表，每天照表行事，絲毫不得通融。

每天早上，媽媽起床刷牙洗臉時，屋裡仍然黑糊糊的。到她開始煮稀飯、煎菜脯蛋的某個剎那，懸在梁上那顆燈泡會突然放亮，這便是電來了。燈泡亮個個把時辰，天色隨著四處雞啼，逐漸由朦朦朧朧轉而清朗明亮，等熹微的晨光一旦照進屋子，不必任何人提醒，那電立即像我們放學那樣，一溜煙地跑掉。

因此，想預先準備當天中午和晚餐的米飯，如果捨大灶而用電爐煮，必須把握早上這段供電時間。有的媽媽東忙西忙錯過時段，電爐上的飯沒煮熟電就斷了，只能把半生不熟的整鍋米飯，改用炭爐子繼續煮熟，結果是那家的小孩子有口福了，多等片刻定有鍋巴當零嘴。若是家人覺得這樣煮出來的飯不好吃，當媽媽的總說電火公司陷害人。

愛看戲的廟公，曾經告訴我們這群小孩子說：「電火一定跟那義賊廖添丁是結拜兄弟，所以在大白天躲得不見人影，只在夜裡這兒來那裡去。」

問題是這個義賊兄弟大概找不到日本人可以捉弄，竟然欺侮到鄉下小孩頭上。經常在晚飯過後沒多久，大家才把老師規定的作業寫了一半，燈光便一熄一亮再熄再亮地連續閃了三下，用那促狹的眼神，睨著全家老小慌慌張張收拾東西的狼狽相，旋即調頭跑得無影無蹤，留下不僅一屋子而是整整一村子漆黑，害得小孩子上床前必須放掉的那泡尿，得心驚膽戰地拎著褲頭摸黑去完成。

當時有個故意驚嚇小孩子的傳言，說鄉下野鬼自從大家裝了電燈以後，行動處處受到局限，野鬼們為了報仇，最喜歡利用這個時刻躲在糞坑邊，把褲子還來不及穿好的女孩子捉去當童養媳，男孩子則剪下小雞雞拿去煮四神湯或做香腸進補。

通常在突然熄燈這一刻，連大人都不免手忙腳亂。住戶間常聽到此起彼落的哀號著：「真夭壽，電火公司真正是看到鬼了！」

接著往往有人追加一句：「幾粒衫褲鈕仔都沒縫好哩！」要不然就是：「便所還來不及去，屎尿又不能當銀兩存起來生利息。這款電火真是欺侮人！」

有一回，阿春姨還狠狠地撂出一句：「那些牽電火有夠夭壽，單會催鄉下人早早上床生紅嬰兒！將來生太多養不起，要害全村通通去當乞丐。」

左鄰右舍聽著，嘻嘻哈哈笑一陣。村長更是提高嗓門應著：「阿春仔，妳才生七仙女，電火早點暗了，好讓妳跟妳老尪拚個有柄有秤錘的，有什麼不好！」

鄉下新鮮事不多，很多事物看過幾遍就不覺得稀奇，只有這電力，算是能夠維持長達好幾年的時間，在我們村裡不斷地製造驚奇和驚喜。

最神奇的是，阿春姨真的老年得子。她老尪二話不說，就把兒子取名叫游電。說這個名字雖然只有一個字，但這個字如同剛撈到手的魚兒，活跳跳，絕對不容易跟別人同名同姓。更重要的是，無論大家用北京話或用臺語叫起來，他這個寶貝兒子都是「有電」，有了電當然有力氣，有力氣當然會賺大錢呀！

果然讓這個還在喝奶的小娃兒，很快成了地方上出名人物。

在那個到處叫阿富、阿川、阿雄、阿勇、丙丁、金土、木火的年代，如果名字能有個電字，不但是跟著時代進步，更是走在時代的前端，足以讓人耳目一新。村裡曾經有不少人想學樣，可唸來唸去，總覺得不對勁，到最後一刻不得不打退堂鼓，最終還是讓這個游電獨領風騷。

因為，姓吳和姓簡的想給孩子名字取個電字，喊起來立刻變成「無電」「剪電」；而姓林、姓謝、姓郭、姓劉的，更不能取電當名字，否則一旦用臺語叫他，便成了「喝電」、「吃電」、「過電」、「漏電」。甚至，連姓廖的也沒辦法考慮，廖電無論國臺語唸起來，正和耗電的「了電」同個意思。這些姓全是村人的大姓，可一旦和電靠在一塊兒，卻說什麼也沒有「游電」神氣。

到了游電三、四歲會說一些話的時候，村人發現這個臉頰肉坨坨的小娃兒，說起話來有點含混結巴。任何人見到都會故意逗弄他，問他叫什麼名字？小孩子不曉得拒絕，每次總是憋足力氣，老實地回答：「我叫游——游——游電、游電啦。」話裡夾帶許多口水打轉轉，使那答話聽來正是「有——有——有電、有電啦」，讓大家笑成一團。

電的故事幾乎緊跟著村子的孩子一塊兒成長，說都說不完。

有一天，五字路口突然換了兩根捆在一塊兒的大電桿，不但比其他電桿高出許多，更奇特的是多拴了好幾根橫木，栽上的白瓷礙子有如我們學校做體操時散開的隊形。在大電桿的頸脖處，同時附掛兩個比家裡飯桶還大的藍灰色圓桶。遇到陰雨天，兩個圓桶便發出嘶嘶的低吟，雨下得越大，它響得越大聲。

孩子們上學放學路過，都會不自覺地抬頭仰望，猜測那桶子裡究竟裝了什麼東西。有人猜是汽油，有人猜是水，至於為什麼要裝兩桶油或水在那麼高的桶子裡？大家想不透，便跑去問廟公。廟公說：「裝的應該是水！你們想一想，這電走那麼遠的路從宜蘭街過來，總得洗洗手洗洗臉才好進到每一戶人家，何況還要爬上拜神明和拜祖先的紅供桌上呀！下雨天會冷，水得燒熱，燒水當然會嘶嘶叫了。」

大家想了想，好像有點道理，卻覺得廟公也有可能胡亂瞎猜，唬弄小孩，偏偏又沒人能想出更好的答案。

那兩桶燒水萬一熱過頭滾沸了，會不會從電線桿上潑下來？沒有人見過。倒看過銳利如刀劍的閃電，不忘抓住機會去刺探。某個雷雨交加的夜晚，藍灰色箱子突然冒出火花，劈里啪啦嘶喊一陣子，再拋出一團團大小火球。村裡住戶最密集的一條街，霎時陷入漆黑，僅剩下閃電忽明忽暗的映照著。

且不管那兩個桶子裝什麼，驚險場面也僅出過那麼一回。倒是有了它之後，每天供電時間就沒什麼太大限制了。電力公司開始在每戶人家外牆裝上一個方盒子，大約兩塊半截磚頭疊在一起那般大小，說是「電火磅仔」。大人解釋，有了它就可以秤出這戶人家用掉幾斤電。

這「電火磅仔」立即成為孩子們新的研究對象。它封得嚴實，只在前面有塊小小的透明玻璃窗口，供人往裡瞧。每個好奇的孩子都會搬張木頭椅子，站上去探個究竟。看到上面有一排數字，以及一個邊緣刻著細齒的圓盤，不停地轉著圈子。

大人說：「那圓盤轉得越快，那一排數字也會跳得越快，這表示用電用得越凶，電火公司就憑轉出來的數目字，收取電費。不像以前沒有『電火磅仔』，每家只收固定數額的基本費。」

於是，家家戶戶為了要讓電火磅仔裡的圓盤轉得慢一些，原先裝的六十燭光電火珠仔，紛紛換成四十燭光。原先的單一燈頭，雖然長有一個小耳朵開關，卻只能算是裝飾，電來電去全憑電力公司按時間統一管控，由不得家戶做主。現在就不一樣了，你若是忘了去扭一下那個耳朵關燈，那磅仔就會不停地轉圈圈，計算你繼續用掉多少電。

為了省電，大家換成四十燭光的燈泡之外，會再附加一個雙叉燈頭。雙叉燈頭可旋上一大一小的燈泡，那粒比橄欖大一些些的小燈泡，只有五燭光或十燭光。燈頭上垂下一條拉繩當開關，用來拉動轉換要亮大燈或亮小燈。小燈做為家人不做正事光聊天時的照明，以及半夜上廁所使用。

小孩子做功課是正事，可以理直氣壯地開大燈，若是不看書不寫作業，光坐著呆楞分神，或燈下剪指甲做雜務事而忘了轉換成小燈，準會挨罵。

好在這個時期，鄉公所已經在它的廣場邊和附近五岔路口先後各裝了一盞路燈。提早做完功課的孩子，通常會跑到這兩個地方玩耍。

有個晚上，我和鄰居玩伴寫完作業，跑到阿春姨家裡去邀幾個小姊姊。看到她們已經做完功課，沿著大廳的八仙桌圍成一圈，忙著把橡皮筋編串成麻花繩，準備做為跳繩使用。

大概我們嘻嘻哈哈地說笑引起阿春姨注意，她突然從廚房那頭走過來，沉著臉用手指著頭頂上那顆金黃燦亮的燈泡，衝著幾個小姊姊質問：「你們看看這是什麼？」

讀四年級那個姊姊回答，說是電火珠仔。

「不對！」阿春姨聽了厲聲糾正道：「你們把眼睛再睜大一點看看。」

讀六年級那個姊姊說：「媽，你指的一定是電火珠仔裡面那條亮亮的，我們老師說那叫鎢絲。」

阿春姨用力手推了一下六年級姊姊的腦袋，生氣地說：「烏你個頭，什麼巫師，還紅頭司公哩！」隨即一手插腰，一手朝著她身後的牆壁上下左右地比劃一通，再問大家看到什麼？

幾個姊姊一起回答說：「木板牆和地面呀！」

只看到阿春姨咬緊牙關，用腳朝地板重重地跺了兩下，然後提高嗓門說：「我問的是，你們在牆上和地上看到什麼呀！」

這回大家默不吭聲的想了一陣子，才聽到六年級姊姊細聲細氣地說：「我猜是燈光吧！」

阿春姨搖搖頭，攤開兩片手掌向著燈光，大聲地告訴所有的孩子說：「你們都給我聽好，這不單單叫燈光，也叫孫中山，懂了嗎？」

所有的孩子你看我我看你，最後還是由六年級的姊姊問媽媽：「不懂耶，這又不在學校教室，牆上哪有什麼國父孫中山？」

「唉——老祖公沒保庇，我怎麼養出一群飯桶，」阿春姨長長地嘆了一口氣，伸手把頭頂上的大燈轉換成小燈，然後鄭重地告訴我們說：「孫中山就是新臺幣，就是鈔票，你們不懂得節省，一直開著金爍爍的大電火，那跟燒掉新臺幣有什麼兩樣，現在懂了吧！」

這個故事由我們這群飯桶在村裡傳開之後，村人都說自己家跟阿春姨家一樣，家裡的牆壁和地面經常貼滿金爍爍的新臺幣。

不管怎麼說，多用電必須多花錢的道理，村人已漸能體悟。但對電力的功能，知道的似乎相當有限。原先以為電再厲害，不過是鑽到那些玻璃球做的燈泡裡頭，把它撐得通紅光亮。再了不起，像用電爐子燒水燒飯、用電扇扇涼風、用電熨斗燙平衣服，也差不多是那些變把戲的魔術師都能變出的把戲。直到村長雜貨店和一些人家陸續裝了收音機、電唱機，從農會賒回來電鍋、電冰箱，還有一戶有錢人家設了碾米廠，另一戶人家開了製冰廠，總算讓大家見識到電的功力，確實不容小覷。

大概又隔了幾個月，被村人公認是「放送頭」的阿春姨，不知道從哪兒打聽到消息，說鄉公所已經向上級爭取到放映電影的機器，等有人學會操作機器，便可以扛到各村廟埕放電影。

大家鼓弄村長到鄉公所求證，果真有這麼一回事，而且上級很早就答應撥機器，只是當時電力公司無法配合延長每天晚間供電時間，才把事情耽擱了。

村長轉達了鄉公所人員及電力公司人員的解釋，說宜蘭的電力除了天送埤發電廠能供應一些，其他必須從很遠的日月潭那邊翻山過嶺送來，實在很不容易。現在勉強做到了讓電力整天住在每戶人家的「電火磅仔」裡，任何時間按下開關，電便會像你家的奴才，全聽你使喚，也得請大家珍惜。

大家還發現，電不但是能幹的奴才，還是個無影腳，是個來無影去無蹤的隱形人，它不會刻意在主人面前晃來晃去，涎皮賴臉諂媚巴結。無論點亮燈火珠仔或做任何事，全靠著兩條銅線，便能電來電去。想要它到各地放映露天電影，當然不成問題。

只是十幾個村子，露天電影畢竟要大半年才輪到一次，有人不甘心，即追著放映機到各村去看，結果看到電影裡人猿泰山英雄救美的劇情，都能夠倒背如流。

好在到了某一天，鄉公所中山堂突然裝好一臺電視機，那是全鄉第一臺電視。這電視機跟雜貨店的木板肥皂箱差不多大小，只要插上電，拉出電視機頭上兩根銀亮的釣竿，轉對了某個方向，那片霧濛濛的小小玻璃窗，就能夠擠進去黑壓壓的一大群人、一群奔跑的野牛或大象，甚至是大車大船和高樓洋房。

阿春姨第一次瞧見，即斷言中山堂這個木板箱子非常邪門，她指著有些閃爍的電視螢幕說：「你們看，剛剛明明是幾個俊俏的生旦穿著漂亮戲服唱歌演戲，現在突然換了一群紅毛番在花園裡飲酒跳舞，而且不管是東方人西洋人，男的女的，老的小的，怎麼演來演去都是黑影幢幢？哼！我看這不單是養幾個小鬼作弄人，裡頭一定還鬬了不少妖魔鬼怪。」

她左看右看地仔細觀察了好幾個晚上，特地拉來專門幫人收驚除妖的紅頭司公到場，說是為了保護村裡的孩子平安無事。

紅頭司公是個瞎子，眼眶裡看不到眼珠子，只見一灘混濁，恰似尚未插電的電視螢幕。一個看不見的人跑來看電視，當然招來注視和議論。阿春姨趕緊把右手食指豎在嘟起的嘴唇上，警示看電視的村人不要出聲。

看來應當有精采好戲上演，可不知道是誰在事先走漏消息，連著幾天晚間在電視裡露臉的那些大鼻子妖魔，一直到電視把國歌從三民主義唱到貫徹始終，收播了，也沒半個影子。節目結束，電視螢幕回復一片混沌，彷彿有意和紅頭司公大眼瞪小眼，別個苗頭。

後來我們聽說，紅頭司公原先可是認真地把阿春姨說的話當真，特地在他寬鬆的衣袖裡藏著一把七星寶劍，腰間還繫著小葫蘆，準備伏魔降妖，結果竟讓大夥兒失去眼福。

其實阿春姨並未死心，過不久又跑去找紅頭仔，聲稱妖魔鬼怪復出，且包括了古代的、現代的、臺灣的、美國的，更嚴重的是村裡已經有小孩被沖煞到，睡到半夜常常驚嚇啼哭。

但這回紅頭司公似乎老神在在，還語帶不屑地說：「阿春仔，不要以為我眼睛看不見就戲弄我，中山堂人多陽氣旺，有哪個鬼會像你那麼笨，跑出來找罪受？何況我還聽說，人家臺北街仔宜蘭街仔的人，看電視就像按時間進教堂，或到佛寺做晚課一樣，全家大小圍著看，哪來鬼怪？」

阿春姨嘴裡的妖魔鬼怪嚇不了人，倒是緊跟著人叮咬的尖嘴蚊子惱人，一節連續劇下來，很多人的手臂和兩腿都成了紅豆冰棒。後來，還是住在中山堂裡的老兵工友，好心地拿出點在床鋪下的蚊香，同時把農會買回來的電風扇拎出來吹，大家才不用一邊看電視拍手叫好，一邊還要搖著竹扇驅趕蚊子。

半個世紀前，大千世界的新鮮事兒不容易傳到我們那麼偏僻的鄉下，正如廟口的老人常說的，北京的龍椅都換過好幾個人坐，甚至早已改朝換代了，我們依舊唱著〈薛平貴和王寶釧〉。所以，這電的來到，對我們鄉下人腦袋瓜的衝擊，算是前所未有。

這個電，不管是電燈、電扇、電鍋，還是電冰箱、電影、電視，開始在我們村子電來電去的年代，村人才算真正開了大大的眼界，長了大大的見識。除了古公廟神明之外，心底多了不少信服的對象，也才能夠心領神會地把「人上有人，天上有天」這樣的話，聽進耳朵裡。

大家深深體會到，存在的東西，不一定看得見摸得著；看得見摸得到的東西，好像也不一定具有存在的價值。究竟那電是怎麼來？又怎麼去？在我們村人心目中，只要能感受到日子越過越好，似乎就沒有再去追索底細的必要了。

木屐巡更

不管田野裡吹的是東西南北風，鄉公所附近這五岔路本就是個風口。尤其深夜裡颳風，鄉公所和對面一長排住家之間的石子路，更不得片刻安寧。

五岔路口那盞懸著六十燭光燈泡的路燈，是方圓幾公里內唯一的路燈，頂上戴著一只倒扣的鐵皮圓盤，些微的風便會把它晃得鏗鏗鏘鏘響，反射下來的光影，也隨著那音響節奏起舞。

風颳過路面引起的騷動，聲勢雖然比不上西北雨那種萬馬奔騰，可也像突然奔來一大群野狗，路面上的小石子跟著滾過來滾過去，還不時地彈跳叩響住戶的木板門扇。

喀喀喀喀，喀喀喀喀——由遠而近或由近而遠地，響個不停。

全村的人都說，這是阿接哥穿著天送仔送給他的黑松木屐，忙著幫村人守夜巡更的腳步聲！

好在阿接哥是村裡老小熟識的羅漢腳，如今縱使埋進墳地，偷偷跑出一縷鬼魂伴著野風飄回村子遊蕩，也沒有人會被嚇到。何況他如果當了更夫，幫村人巡更守夜趕走宵小，大家更沒有受驚嚇的道理。

阿接哥活著的時候，眼皮浮腫，眼角隨時懸著一粒黃白色眼屎膏，臉色總是黃蠟蠟的，連頭髮、瞳仁、手掌的顏色都比正常人要褪掉好幾分。村裡的老人說，這個羅漢腳從鼻屎大就成了老菸槍，而且吸的全是正字標記的二手菸，身上不被熏黃才怪。

他專門到鄉公所和農會辦公桌下，撿拾人家丟棄的菸屁股，逐一剝下被口水浸濕的菸草，攤到太陽下晒個兩三天再捲成新的菸支，弄得十根手指頭熏染得黃褐褐的，村裡的孩子稱它是魔爪。

大家擔心阿接哥吸了那麼多口水菸肯定會得「氣傷」，這在早年是任何神仙都沒辦法醫治的肺癆，但他這個人除了話說急了、路走快了有點喘，並不像其他肺癆患者整天病懨懨地咳個不停。雖然鼓凸著肚皮，做事還挺有精神，尤其那雙大扁腳一旦邁開腳步，往往把地板拍得劈里啪啦響，不看人只聽腳步聲，定會把他想成元氣十足的打拳頭師傅。

阿接哥經常丟下自己賣糖果的地攤，用兩張皺巴巴的舊報紙往上面一蓋，再丟幾粒石子壓住角落，就跑到小麵店去幫忙端菜洗碗。有時也到鄉公所或農會充當臨時工人，儘管他的動作稀里嘩啦，毛毛躁躁，臉上卻始終掛著戇厚的笑容。

古公廟的廟公每回看到阿接哥，都提醒他注意身體，甚至勸他到衛生所打個大筒營養針。阿接哥說：「天天有一餐沒一餐的，生吃都不夠了，哪來多餘可供晒干？唉！早死早超生，也沒什麼不好。何況像我這種從小沒父沒母，沒人照管的天公仔子，絕對長命，想跳水都沉不下去。」

有一回，他去幫農會倉庫堆放裝滿稻穀的痲袋，倉庫管理員看到他腳板上有個傷口，竟然用牛糞和著泥巴糊住，滲出的血水還黏著穀粒，便好意找來一雙草鞋送他，他卻將它掛回門口的登記桌旁，指著光腳丫告訴管理員說：「穿草鞋更容易磨破腳，還是我老母生我時送的這雙真皮皮鞋，穿起來舒服又耐用。」

阿接哥一年四季有不同的住處。春夏期間，他若不睡在古公廟龍柱旁，便跑到橋墩下鋪草蓆；秋冬天冷，大都窩在鄉公所員工停放腳踏車的車棚裡，選個緊挨圍牆轉角的避風角落。反正他全部家當只有兩個木板釘的肥皂箱，一個裝衣物，一個收納擺攤的糖果和舊報紙。縱使睡到半夜，也可以一手拎一個箱子搬家。可誰都想不到這麼一個能夠逆來順受去適應環境的人，竟然活不到四十歲就死了。

打掃車棚的工友在大清早發現屍體時，阿接哥整個人團成鯪鯉那樣，窩在圍牆轉角，身上蓋著幾件破舊衣服，還不知從哪裡撿來一把斷了好幾根支架的破傘撐著擋風。公所員工捐了一點錢，找廟公和村長到宜蘭街鋸木廠買回幾塊木板，再請專門掩埋嬰屍的天送仔釘個長方形的木箱子，充當棺材。

等廟公和天送仔處理完阿接哥的後事，廟公突然想起來，說入殮時只記得替阿接哥換一套新衫褲，怎麼忘了幫他買雙布鞋。管他穿得慣不慣，至少也該給他一雙木屐呀！生前一世人打赤腳，總不能做鬼還叫他繼續去當赤腳妖怪。

天送仔想了想說：「這簡單，我來想辦法補救吧！」

於是，天送仔從鄉公所土堤外挖出一塊老樹頭，聽說那是日本人蓋庄役場時種的，沒有人記得是棵什麼樹頭，也不知道它枯死了多少年。廟公猜它是日本黑松，就是日本皇宮和神社常種的那種樹，它埋在土裡，縱使死了幾十年幾百年，鋸開它仍然會冒出樹油，散發香氣。

天送仔還繞到腳踏車店，向老闆討了一截橡膠輪胎皮，準備做為木屐耳，讓阿接哥的腳丫能夠趿住木屐。在村子裡沒有人修理腳踏車之前，木屐耳是用棕樹纖維或細麻繩編的。

接連兩天，天送仔不用扛著夭折的嬰兒屍體去埋葬，便從早到晚坐在一張小板凳上，傴僂著身子認真地用鋸子、柴刀、鑿子，製作木屐。

碾米廠老闆路過看了，告訴天送仔不用花那麼大工夫，只要到鄉公所要張夾公文的厚紙板，糊一雙木屐燒給阿接哥就行了。他舉例說：「就算宜蘭街那些大財主送汽車送樓房給死去的親人，攏總是用紙糊的，而且只用薄薄的紙糊哩！誰也不可能真的燒一棟樓房或燒一輛汽車給死人。」

老闆看到天送仔頭也不抬，繼續專注且費力地鑿刻著樹頭。改以揶揄的口氣說：「天送仔，你真是戇，那個阿接哥一世人打赤腳慣了，你花再多工夫在木屐上雕龍刻鳳或鑲金框銀，他也不一定會穿呀！」

天送仔終究受不了碾米廠老闆的嘮叨，大聲回嘴應道：「我天送仔活到六十歲了，從來沒有穿過皮鞋，你這個有錢人頭家，現在上街買一雙皮鞋送我，你看我會不會穿？」

在我們鄉下，從來沒有一個窮人敢對有錢的碾米廠老闆說出這樣的話。未料這老闆被天送仔這麼一頂撞，竟然只能搖搖頭，摸摸鼻子，像隻夾緊尾巴的狗兒，知趣地走開。

木屐刻好釘好的那個傍晚，天送仔和廟公一人拎著木屐一人捧著紙錢，到鄉公所附近那條水溝鑽近公路肚子的涵洞口，點火焚燒。燒了好一陣子，紙錢堆早成了灰燼，那雙黑松木屐照樣伸出長長的火舌，有如一群小小人兒跳舞般地扭著腰肢。

到了陰曹地府的阿接哥有木屐穿了！這是村裡的大新聞，很快便流傳開來。於是有人說，深夜裡經常聽到一陣又一陣喀喀喀喀的木屐聲，可能是阿接哥穿上那雙新木屐，出來四處炫耀。

鄉下人大都早睡早起，對於深夜裡任何風吹草動原本少去聞問，一聽說阿接哥會穿著木屐在村子裡遛達，立刻有幾個睡不安穩的人，半夜爬出被窩，扒住門縫往涵洞口的路上瞧，天亮後再交換見聞，甚至加油添醋地把它說得活靈活現。

村長卻說，他只看到一些乾枯的雜草落葉，和樹枝等捲成一團，被風像踢球那般，踢過來踢過去，哪來什麼阿接哥做鬼弄怪。

小麵店老闆也說，他有時會在打烊時，把熬過湯的大骨頭倒到茭白筍池邊，夜裡有野狗野貓把它叼著追來追去，石子路上當然會喀喀喀喀響個不停。

天送仔走墳地一如進自家的灶間，跟任何妖魔鬼怪都能夠稱兄道弟。大家把希望寄託在他身上，想聽聽他的看法。

只聽他冷冷地回應：「阿接哥生前沒害過人、沒做過壞事，閻羅王沒把他下油鍋，也沒把他變成豬狗牛馬，讓他自由自在地回到村裡幫大家巡更抓賊，這是好人有好報，有什麼奇怪！」

於是，阿接哥半夜裡回到村子巡更的事，不但村人相信，連鄰近幾個村的人都很羨慕。

只是暗地裡不免有人質疑，如果阿接哥真的在巡更，除了喀喀喀喀的木屐聲，不是應該打鑼敲竹梆子？或是壓低嗓門喊著「天乾物燥，小心火燭！」之類的，大家怎麼啥都沒聽到？

但這樣的質疑，很快便找到答案。有人回應說，那一陣陣喀喀喀喀的木屐聲，就替代敲竹梆子呀！嘿，你們真是戇大呆，打鑼敲竹梆子，那是古時候的事，現在只有戲臺上才那麼演。人家阿接哥腳底下有雙黑松樹頭木屐，喀喀喀喀還不夠響亮嗎？哪個宵小鼠輩聽到那木屐聲，不嚇個屁滾尿流才怪，何必打鑼敲竹梆子！

反正村裡的人，尤其是鄉公所前這條石子路邊的住戶，大都聽過半夜裡喀喀喀喀的聲音，只差不曾親眼目睹阿接哥穿著木屐巡更的模樣。

直到有天早上，鄉公所那個愛喝酒而被村人稱做酒醉課長的，宣稱他在前一晚曾經面對面地和巡更的阿接哥扭打成一團。他還指著額頭上突起的疙瘩，做為證據。大約半個乒乓球大小，顏色紅通通的小肉瘤被擦上萬金油後，格外顯得油亮突出。

大家直覺認為，一定是酒醉課長值夜時偷偷溜上街喝酒摔傷的。他大喊冤枉地為自己辯白：「昨天下午，我從五孔閘門那邊勘查堤防整修工程後，被當地村長拉到家裡吃飯，天黑時我騎著腳踏車趕回鄉公所值夜，經過涵洞口卻被阿接哥攔住去路，硬要我陪他抽根菸再走。我說值夜是公務不得延誤，他竟然說沙埔仔村整個村子整條路的巡更都歸他管，我值什麼夜？怎麼可以跟他搶功？說著說著即脫下木屐朝著我額頭敲了一記，那木屐可比石頭還硬哩！我差點被敲昏在地上，幸虧廟公路過解圍才得脫身。」

酒醉課長常出醉言醉語，是否真的遇見巡更的阿接哥，大家只能半信半疑。有人多事跑到古公廟去問廟公，廟公笑著說：「你們別聽課長講古，他自己喝多了酒，連人帶腳踏車摔倒在涵洞口，額頭碰到大石頭腫了起來，哪是什麼阿接哥用木屐敲他的頭！」

說開的真相，反而令大家有些失望，但只要碰到颱風的深夜，依舊有不少人會被喀喀喀喀的吵醒，所以大家心裡頭依舊相信，阿接哥真的穿著樹頭木屐在幫村人巡更。

過完年的某一天，阿春姨打扮得漂漂亮亮地跑到村長的雜貨店，向坐在店裡聊天的一堆人宣布，說她已經接連兩個晚上，目睹阿接哥穿著木屐在路上來回巡更。

這可是比鄉公所要放露天電影的消息，更讓人振奮。整個雜貨店裡的人立刻鴉雀無聲，等著阿春姨說個明白，連那買好香菸轉身要回廟裡的廟公，也停下腳步坐回長條椅上。

阿春姨說：「昨天和前天兩個晚上，我忙著幫要上學註冊的幾個孩子縫補衣服，沒想到睡晚了竟然睡不著，結果就看到阿接哥在路上巡更……」

「阿春姨，那阿接哥可是穿著胸前畫圈圈寫個『卒』字的背心？還是穿著古早人的長衫？」有人等不及阿春姨慢條斯理地述說，忍不住插嘴問起話來。

只見阿春姨搖晃著腦袋。

於是有人搶著發問：「那阿接哥是不是像戲裡演的更夫那樣，打鑼和敲梆子？」

「還有還有，阿接哥是不是提著燈籠，否則他怎麼看得到路啊？」

「阿春姨，阿接哥是不是跟活著時一樣笑咪咪的，臉色黃黃的，還是當了閻羅殿裡的鬼，青面獠牙、頭上長角？」

阿春姨不知道是被大家七嘴八舌給弄糊塗了，還是故意賣關子，只顧一個勁兒把頭搖得像五岔路口那盞路燈的頂蓋。

等大家再提不出話好問時，她才繼續把話說下去：「阿接哥不穿寫了字的背心，也沒穿長衫。手裡沒拎著銅鑼，也沒敲竹梆子，甚至不用提著燈籠照路。」

「那——」眾人幾乎異口同聲地冒出這麼一個拖著長長尾音的疑問。

「沒錯！」阿春姨挑高眉毛，一臉嚴肅的神情酷似戲臺上的包青天，先猛地拍了驚堂木，才吐出鏗鏘有力的字句說道：「什麼都沒有！」

「什麼都沒有？妳不是親眼看到阿接哥巡更，難不成他光著屁股便從棺材裡鑽出來見人？怎麼叫什麼都沒有？」眾人你看我、我看你，再把目光集中在阿春姨臉上，等著她說出答案。

「其實，阿接哥的人我看不清楚，看得到和聽得見的只有——」阿春姨沒有把話挑明講，只將雙手掌心在胸前向下一比，併攏的指尖朝前，先伸左手掌頓了一下，然後在左手掌縮回胸前的同時，再伸出右手掌頓了一下……。兩隻手掌彷彿踩動著轉輪般，前後交替前行，令大家看得眼花撩亂。

她解釋：「我看得清清楚楚的，是天送仔燒給阿接哥那雙新彩彩的木屐，一前一後交替地行走。遠遠望去，原本好像有個穿白衫黑褲的人影穿著木屐走過來，未料等他走近了，卻發現木屐上方空蕩蕩的，像有個透明人穿著它，一步步往前走。」

「哇——驚死人，沒人穿的木屐會自己走路？阿春姨，妳講真的還是編戲文嚇人？」

這時已經有一些膽小的人，悄悄地退縮到眾人後頭，兩隻手交叉緊緊地護住胸口，也有把兩片手掌摀在臉上，指縫間露出神色驚惶的兩個瞳孔朝外瞧，好像這麼做才能夠多一層安全保障。

「唉呀，要怎麼說呢？」阿春姨自顧自地搓揉著手掌，繼續描述她的見聞：「也不能說木屐上全是空蕩蕩的。當那一雙木屐朝前走的時候，可還不斷地冒出青煙，簡直像剛出蒸籠的菜頭粿，熱騰騰的樣子。」

「阿娘喂！妳越說越恐怖，真會嚇死人哩！」

阿春姨不管某些人已經嚇得臉色蒼白，她照樣用著微微顫抖的嗓音描述著：「我剛說過，那雙木屐遠從農會那頭冒著青煙走過來的時候，我覺得是有個人穿著它走過來，可是一到了五岔路口，被那路燈一照，卻又沒了人影。衛生所醫師早說過我眼睛有白內障，但這兩個晚上我可是看得很仔細。等那木屐聲響過了我家門前之後，那冒著青煙的木屐上頭又像多出個人影，穿著它朝著宜蘭街方向，往空軍仔無線電臺那頭走去……」

「那妳有沒有看到它拐回來？」

阿春姨抓抓頭髮，想了想才說：「倒是沒看到木屐怎麼拐回頭。但沒隔多久，只要涵洞口那棵老柳樹的禿枝條被風吹得搖來擺去時，又可以看到那木屐冒著青煙，從農會那邊喀喀喀喀地走過來，而且一夜走了好幾回。你們說，不是巡更是什麼？」

「嗯，這麼說應該是吧！」廟公卸下嘴角的菸斗，認真地向眾人解釋道：「阿接哥那雙日本黑松樹頭刻的木屐，是我和天送仔在涵洞口燒了一個多鐘頭才燒成灰燼，它含有油脂旺火又很耐燒，甚至眼看都無聲息了，拿根竹枝往裡攪一攪，嘿，它還會吐出小火舌，騰挪著青煙哩！」

廟公把菸斗朝長條椅腿上敲了幾下，在掉下來一團黑渣渣的同時，嘆氣道：「唉！真正可惜呀！這個阿接哥若是生前早幾年穿上木屐巡更，然後娶某生子，那他的下一代將來可就是偉人，我們村裡便有後生當個總統什麼的！」

「什麼偉人？總統？這話怎麼說？」包括阿春姨在內，大家對廟公這番慨嘆和議論，聽得霧煞煞，焦急地盯著廟公，等著聽下文。

廟公不慌不忙地重新點燃一根菸，用力地吸了一大口，前後足足讓大家噤聲地等了好一陣子，才讓胸腔裡的濃煙，由鼻孔和嘴巴裡同時噴了出來。

「你們認為我胡亂臭彈對不對？告訴你們吧！我這可不是隨便講講，像走江湖賣膏藥那樣亂拉亂唱。我是真的在書上讀過，咱們國父孫中山先生的老爸，正是做更夫出身的。不信，你們去找個有學問的人問問！」

這時村人終於明白，原來廟公也是個有學問的人，難怪他能夠為眾人解析籤詩。

從此之後，大家對阿接哥穿木屐在我們村子巡更的事深信不疑，而且肯定巡了很多年。因為在很長很長一段歲月裡，不曾傳出偷盜案件。大家聽說隔壁村偷盜不斷，連糞坑蓋子都得加鎖，水肥才不會遭人偷舀，至於飼養家畜家禽的籠子更不用說。但在我們村子，無論白天或夜晚，幾乎很少會想到去鎖上門窗。對雞鴨的管理更是放任，天一黑只要記得把籠子門一關就放心了，其他沒回到籠子的，或站在瓜棚頂，或站在籠子上，能躲避野狗咬到，便任由牠們愛怎麼棲息就怎麼棲息。

全村一直平平安安地過了很多年，直到某個冬天，警察派出所突然要求村裡的男人組成一支「冬防工作隊」，以便分組輪班在夜裡繞著村莊巡邏，大家才開始想到可能會有宵小這回事。

當冬防工作隊員戴著白底紅字袖章，燃放一串鞭炮出發巡邏的第一個晚上，村人臨睡前都到派出所前鼓掌看熱鬧。等巡邏的隊伍天亮回到派出所時，主管很高興地在值勤簿填上：「沙埔村、四結仔尾，轄區內今日平安無事」幾個大字，同時收回每個隊員手裡的警棍和手電筒。

忙亂中，卻看到阿春姨氣噴噴地拎了一只空竹簍，衝進派出所向主管報案說：「今天是初一，我起個大早到菜園想摘幾粒橘子拜公媽，不知道是哪個夭壽仔，竟然把它們摘光光，只留下這個破簍子！」

大家聽她這麼一說，個個面面相覷呆楞在派出所的值班臺前。主管皺起眉頭，嘴裡還叨念著：「哪有可能？哪有可能？我們前前後後巡了好幾遍哩！」

阿春姨看著主管連同村裡一群男人手足無措的傻相，氣得丟下手上的破竹簍，調頭離開時還不忘撂下一句：「哼！有什麼用！一大群查甫人，手裡還拿著棍子，竟然輸給一雙樹頭木屐。」

這句話，聽得眾人幾乎失了神。

突然，一串喀喀喀的木屐聲響起來。等大家回過神，才發現那一串木屐聲已隨著阿春姨離開的身影，漸行漸遠。

漆黑的皮鞋

五〇年代，在我們鄉下只有派出所的警察、小學校長和老師，以及鄉公所上班的人才會穿鞋。其中，穿皮鞋的人不到半數。

穿布鞋的人說，皮鞋太硬又不透氣，穿一天下來簡直像在酒瓶裡擠菜脯，腳掌腳趾無一不腫痛。更討厭是皮鞋不耐水，一旦下雨路面布滿水窪，教人穿也不是、脫也不是。

其實，大家心裡明白，真正原因應該是，皮鞋實在太貴，買雙皮鞋可以買好幾雙布鞋。

父親在鄉公所當課長，所以穿皮鞋。而我家就住在鄉公所對街，遇到上級長官下鄉來視察，鄉公所那些穿了皮鞋卻很久不曾擦拭過的課室主管，怕在長官面前礙眼失禮，總是慌慌張張地跑到我家擦皮鞋。有人一面擦鞋，嘴裡還叨唸著：「嘻嘻！這叫臨時抱吾腳，不亮也光。」

平日裡，住在附近的村長必須穿皮鞋出門時，也會先把皮鞋拎到我家擦亮。村長說：「這皮鞋一年穿不了一兩次，大多時候像老祖公一樣供在架子上，買來的鞋油最後都結成硬石頭，可惜了。」

因此，左鄰右舍只要看到有人跑到我家擦鞋，要嘛表示縣裡有大官下來，要嘛是村長大人要出門辦大事。

沒想到，有個星期天我起早了，竟然看到家門口六、七個穿戴整齊的陌生人，由鄰居村長帶領，或蹲或站，等著輪流擦皮鞋。忙著向天公爐上香的阿媽，扯著我的袖子說：「這些都是咱鄉內的村長，準備去宜蘭街參觀。小孩子要有禮貌，要叫村長伯仔或村長叔仔。」

我楞瞪在那兒好一陣子，因為實在不曾看過那麼多人聚在一塊兒擦皮鞋。認得我的鄰居村長，指著我身邊一個年輕人介紹說：「這個叫村長哥哥就可以，你可不要被他頭上那幾根白毛騙了！」

村長們一個接一個用鞋刷沾著鞋油，往自己的鞋面上塗抹，來回繞著刷勻了，再交由另一人接手。家裡的鞋油只剩半盒，油脂原本已揮發得差不多，呈現龜裂結塊，但村長們不嫌棄，一個個輪著擦鞋。幾個人各踞一方，蹲在那兒輪番地埋頭苦幹。

阿媽不知道從哪裡找出一件我小時候穿的開襠褲，撕成兩片長條布塊，讓塗抹好鞋油的村長拿它擦亮鞋面。最先拿到布塊的村長，朝著上過油的鞋面連吐兩三次口水，才用布塊在上頭來回拉扯，還得意洋洋地說：「這是我從宜蘭火車站擦鞋師傅那兒偷學來的絕招。看！這麼擦過的皮鞋，比鏡子還亮哩！」

「嘿，你真像日本人講的，不識字兼不衛生，」等在旁邊的鄰居村長揭底說：「你當我們這些庄腳人戇大呆哦！人家擦鞋師傅用棉花沾清水，哪像你吐嘴涎，你乾脆放一泡尿到鞋上，說不定擦得更亮，更能夠當照妖鏡哩！」

他說完話，不再等那片沾過口水的布塊，便一手扶牆壁，一手插腰地站著，輪番彎起膝蓋，把一隻腳掌勾到另一隻腳的小腿肚，讓刷過鞋油的鞋面，緊貼著褲管上下迅速地摩擦十數下，竟然一樣光亮無比。

擦好鞋子的村長，一個個像廟會時遊街的大身尪，陸續聳著肩膀、邁著八字步走回鄉公所，但很快又有村長從鄉公所過來。我看到其中一個村長，穿著與眾不同的紅皮鞋。現在想來，應當說是穿著咖啡色的皮鞋才對，許是當年鄉下人不懂什麼是咖啡色，都說那是豬肝色、牛屎色，或用比較文雅的形容詞，籠統稱它是紅皮鞋。鄰居村長和他擦身而過時，笑他說：「阿金仔，你今天沒福氣啦！課長忘記買紅鞋油啦！誰教你穿著傳家的寶貝出來晒太陽？」

同時有兩三個村長停下手上動作，望向阿金村長。突然有人問：「為什麼阿金的紅皮鞋是傳家的寶貝？」

「唉喲——賽伊娘哩！」鄰居村長和阿金村長還沒來得及答話，就聽到坐在門檻邊塗抹鞋油的村長，這麼慘叫一聲岔開了話題。大家全被吸引調過頭來，靠近的人立刻嗅到一股臭味。哈！原來這個發出慘叫的村長，把地上一小坨雞屎膏當做是鞋油盒裡掉出來的細塊，用鞋刷沾了刷到皮鞋上，看得大家笑到東倒西歪。

鞋油盒子一直被鞋刷子撳得鏗鏘響，最後只剩下盒底周邊那圈凹槽還有點殘留，卻不容易摳得出來。原先掉落在水泥地上的零星屑屑，也被那刷子刷過來刷過去地留下一條條痕跡。等到大家都塗好鞋油，輪著用布塊擦亮鞋面時，地上只剩下鞋刷，鞋油空盒連同蓋子早就被踢來踢去踢得不見蹤影。

大家先是你看我我看你，接著眾人的目光很快集中在最後刷鞋油的村長身上。那個最後塗抹鞋油的村長趕緊辯白：「看什麼？你們該看的是哪個人頭上的白毛變少了才對呀！」

「只有瘋狗才會亂吠。」村長哥哥笑著回嘴：「我看有人吃飽專門練肖話，鞋油哪能夠拿來擦頭髮？」

「誰說不可以？鞋油是油，擦起來才黑金哩！它又不是寫毛筆字的墨汁，有什麼不可以。用鞋油，絕不會像三八阿春仔那麼漏氣。」說這話的是腳上穿著紅皮鞋的阿金村長。

「阿春仔用墨汁？她又沒白頭髮。」立刻便有村長朝他提出質疑。

阿金村長撳息手裡的菸蒂，笑著說：「咱們都知道有些老阿媽嫌黑白夾雜的頭髮不好看，會先抹上雞蓮子的草汁，再沾些從大灶鼎臍周邊刮來的炭灰，看來便是一頭黑髮，反正老人家不出遠門，不會被雨淋到。去年中秋節前，阿春仔的老尪要到宜蘭街喝喜酒，當母舅坐大位，阿春仔嫌她老尪頭上幾撮頭髮白得刺眼，憑添老相，就跑到鄉公所向人要了一點寫標語的墨汁，以為可以施點魔法——」

「嘿，哪有可能！叔仔你嘛膨風，墨汁是摻水的，怎麼沾得住？」

「嗯，少年仔果然有智識，」阿金村長拍拍年輕村長的肩膀後，開始說他的故事：「那個阿春仔不死心，從醋瓶子倒了幾滴醋到墨汁裡攪和，結果塗得到處黑，偏偏那幾撮白髮還是白髮。於是找來洗衣服肥皂，把羼了醋的墨汁滴到肥皂上，用指頭研著再塗到她老尪的白髮，嘿，竟然把那白得刺眼的幾撮髮絲給抹黑了，雖然缺少黑髮的光澤，卻也讓她老尪年輕好幾歲，幾乎變了一個人。」

阿金村長繼續說：「阿春仔看到她老尪抹黑頭髮後，忍不住在鏡子前晃來晃去的得意模樣，馬上用食指戳他的額頭警告說，可不能以為自己真的少年，跟人家去跑茶店仔。阿春仔那老尪茶店倒沒去，只是喝完那場喜酒，從街上回鄉下途中淋到一點雨，立刻變成了黑面張飛，差點笑死通街仔人。」

「叔仔說得有影有跡，難不成是你親眼瞧見？」

「嘿，誰不知道阿春仔的舌頭比牛繩還長。」

大家笑成一團，笑那阿春姨真是個天才。村長們一邊笑一邊輪番地搓揉我的頭髮，掐我臉頰，然後朝著對面的鄉公所走去。有人在途中還故意不時地抬高自己腳板，好像要跟旁人較量誰的鞋擦得比較亮。

隔了幾個月，專門幫人家處理夭折嬰幼兒屍體的天送叔，竟然穿著一雙紅皮鞋，想到我家上鞋油擦亮它。那鞋的皮面有些地方已經泛白，靠近大腳趾和腳掌彎曲的部位，出現不小裂縫，走動時彷彿溪底的鮘魚嘴巴，一張一合，隱約還能看得到包在鞋裡的腳掌皮肉。

平常，小孩子看到天送仔，心裡都會怕怕的，除了那傴僂著身軀走路的怪模樣，更因為他埋過很多小孩。這次看到他腳下穿著紅皮鞋，我竟然忘了害怕，對著他冒出一句話：「天送叔，你穿的是不是阿金村長的紅皮鞋？」

「哈，小孩子好眼色卻不識貨，阿金仔穿的是日本貨，我這可是世界第一強的美國牛皮做的，而且我還到自轉車店找一節手拉車車輪外胎，把它縫在鞋底，這下子不但耐穿耐磨，透風還兼防水哩！應該算是中美合作的高級產品。」

我一聽跟著興奮不已，就說：「人家都講阿金村長那雙紅皮鞋是傳家的寶貝哦！你的鞋也是嗎？可看起來，好像又舊又破哩！」

「你說的不假，阿金仔那雙鞋是他老爸進棺材時捨不得穿走，特別留給他的，當然算他們家的傳家寶貝。可你也不能因為我這鞋破舊了就瞧不起它。」

「我知道所有的皮鞋都很貴，阿金村長家從上一代就買皮鞋穿，可見很有錢，為什麼不另外買新鞋，還穿他爸爸留下的舊鞋？」

「這就有故事了，你想聽，先去拿你爸爸的鞋油來，等我一面擦鞋，一面說故事吧！」

「天送叔，我家只有黑鞋油，並沒有紅鞋油呀！」

天送仔聽了，顯然有些失望，自言自語地說了一句：「你那課長老爸怎麼不穿紅皮鞋呢？唉，皮鞋沒擦到還要說故事，算我今天做公工，做義務勞動吧！」隨即拉著我一起坐到門檻上，開始講阿金村長的紅皮鞋。

他說：「阿金村長在他阿公那一代，窮得有一頓沒一頓的。阿金的老爸八、九歲就被賣到地主家當長工，後來地主的兒子在日本讀完醫科，回到宜蘭街開醫生館，看這長工聰明勤快，留他在醫生館裡燒水掃地抹桌椅，醫生出診時便跟在屁股後頭拎針藥皮包。阿金那雙紅皮鞋確實是醫生從日本穿回來的，鞋底磨破了，醫生掏錢讓阿金老爸拿到鞋店重新換過鞋底，順手送給這個跟班的。我還聽說阿金老爸死的時候身上穿的西裝，也是那醫師送的。唉──」

天送仔長嘆了一聲後繼續說：「全宜蘭恐怕不容易找到心肝這麼好的頭家囉！何況人家還是個日本留學回來的醫生。剛才跟你說，我這鞋是美國牛皮做的，只是逗你好玩。其實，這雙鞋是昨天才從宜蘭街南館市場垃圾堆撿來的，我才不管它是日本皮、美國皮、臺灣皮。你要知道，皮鞋再怎麼破舊都比草鞋耐踩，鞋只要合穿能穿就有價值，很多東西的價值不能光看新的舊的，對不對？唉，我沒上過學校，你和你阿爸都是讀冊人，這些道理比我懂。」

天送仔說完故事，站起來拍拍屁股，突突突地穿著他的紅皮鞋離去。

沒想到第二天我在路上遇到他時，他已經把兩隻鞋後跟上的鞋幫，都踩在腳底下，類似現代人穿的皮拖鞋，或這幾年才流行的前包後空鞋。

他偷偷告訴我：「昨天去一趟你家，路不長卻走得前腳趾和後腳跟腫痛，右後腳跟還起了水泡，走起路來一瘸一拐，大家笑我是不是得了骯髒病，胯下生檨仔？哼！以前算命仙說我只有打赤腳的命，我不服氣便偶爾自己打雙草鞋穿，沒想到這回撿到一雙皮鞋穿穿看，還真的被折磨一番。」

「天送叔，我們老師說過，命運要自己創造。」

「嗯，你真聰明！所以我才把皮鞋後面這一塊往裡扳倒，踩在腳下，哼！看誰厲害。」天送仔一面說著，還故意倒退兩步：「你不覺得我這麼穿鞋，整個人看起來長高了許多？」

我仔細瞧了瞧，覺得他傴僂依舊，卻不敢吭氣說實話。

很快到了暑假，有一天我帶著弟弟和童伴到學校玩躲避球，路過天送仔茅屋時，看見他坐在屋外小板凳上修理他的皮鞋，便圍過去看。

天送仔抬頭朝我們笑笑，繼續忙他的活。

他用剪刀把踩到兩隻鞋裡的後跟鞋幫剪了下來，丟到野地裡。但過不了一下下，他又去把那兩小塊皮撿回來，用衣襟擦掉灰塵後，將它們分別擱在兩隻皮鞋的裂口上頭。

「你們看，我拿這兩塊皮縫補裂口，不就把破皮鞋變回一雙新皮鞋了嗎？」

他看幾個小孩都沒有應話，便自嘲地搖搖頭說：「哈，就算我用同一塊牛皮縫補，人家還是看得出來是補過的舊鞋呀！」

天送仔搔搔腦袋，突然若有所悟地手舞足蹈，高興地告訴我們：「如果我把這兩塊皮剪成圓圓的銅錢形狀，再縫上去，說不定有人會認為是皮鞋工廠故意設計的新款式，對不對？」

「不好看！那會像貼膏藥。」站在我身邊的弟弟，竟然在大家默不吭聲時冒出這麼一句話，害我們一夥只能繼續呆楞在那兒。

沒想到天送仔不但沒生氣，還笑咪咪地稱讚弟弟：「厲害，厲害，小小年紀就有好眼光。那你們說說，該剪成什麼樣子好呢？」

經天送仔這麼鼓勵，大家開始你一言我一語地爭相獻策，但天送仔只等弟弟開口。弟弟咬了咬指頭，才慢條斯理細聲細氣地應了一句：「剪成啾啾就好。」

這時，連我都聽不懂弟弟說的是什麼舅舅，我要他重說一遍，他抽出嘴裡的手指頭，連著那蛛絲般的口水指著自己脖子說：「就是彈著手風琴唱來信耶穌那個人，還有變把戲賣藥膏那個人，綁在這裡的那個啾啾呀！」

大家終於明白，弟弟說的是傳教士和魔術師繫在領口的領結，大人們叫它啾啾，大概是日語吧！

天送仔一面點頭稱讚，一面拿起剪刀把兩塊皮剪成蝴蝶結形狀，忙著縫補他的皮鞋。

又過了幾天，我坐在門檻上剝花生吃的時候，看到天送仔腳下穿著一雙鞋面各有一隻蝴蝶結的皮鞋，朝我家走過來。奇怪的是，它竟然變成一雙黑色的皮鞋，近看才發現有些地方還露出紅皮鞋的顏色。

天送仔看到我用怪異的眼神瞧他的皮鞋，便說：「不用懷疑，這正是原來那雙美國皮鞋。前兩天我撿到衛生所漆木板牆的油漆桶，裡頭還剩一點黑油漆，正好拿來刷我的皮鞋。我想，刷層漆更多一層保護，何況你家只有黑鞋油，對不對？只是沒想到等我漆了一大半才發現油漆不夠，最後只能變成這種『新藝綜合體』，有一點花哩花囉的。」

我知道「新藝綜合體」這樣的形容詞，因為上午有輛三輪車從宜蘭街下來，一路用擴音喇叭為戲院放映的彩色電影做宣傳，說的正是「新藝綜合體」，沒想到天送仔這麼快就掛到自己嘴上。

我轉身跑進屋裡，從床鋪下拿出鞋油和鞋刷，讓天送仔刷他的皮鞋。可任憑他怎麼刷，油漆沒漆到的地方和一些拐角接縫，依舊會浮現紅皮鞋的痕跡。

天送仔安慰自己說：「沒關係，天底下應該只有我這雙『新藝綜合體』的皮鞋，何況鞋穿在我腳上，我認為它好看就是好看，對不對？」

就這樣，天送仔每天都會穿著那雙自己改製過、漆過的皮鞋，快快樂樂地在村子裡走來走去。必須扛嬰兒棺材去公墓埋葬的日子，他則換上草鞋，或乾脆打赤腳。他不說捨不得穿，也不說穿著走遠路不舒服，卻說穿著皮鞋在墳地裡走來走去，給誰看呀！

等我長大一些，每回想起天送仔穿著漆黑的皮鞋走來走去的快樂神情時，才慢慢體會到他說過的一些話。例如，你不能因為我這鞋破舊了便瞧不起它；例如，鞋只要能穿就有價值，東西的價值不能光看新舊；又例如，鞋穿在我腳上，我認為它好看就是好看等等。

幾十年過去，光是這些回想，竟然也能讓自己心情跟著愉悅起來。

天送仔

天送仔一輩子只經營一種行業，這工作跟村人息息相關。

天送仔住在涵洞頭一間低矮狹窄的茅屋裡，屋頂和牆壁全用剖半的竹竿夾著茅草遮蓋，只有門檻利用撿來的十幾塊殘缺不全的紅磚砌築。

凹凸不平的紅磚門檻，早被天送仔汗濕的屁股磨得光滑銑亮。他將磚頭門檻當坐凳，除了搖著竹編扇子納涼，更多的時間則坐在門檻上，貓著身子揮動鐵錘，把薄薄的杉木板釘成一個個長方形的小箱子，專門在我們村裡和鄰近村落，幫人家埋葬夭折的嬰幼兒。

不管都市人和鄉下人，習慣稱呼從事埋葬屍體的人「土公仔」。但我們村裡和鄰村的人，不知道為什麼會覺得叫土公仔嫌生分，於是大大小小都直接叫他天送仔。

天送仔住的茅屋，在小朋友上學放學必須經過的途中。從我進小學第一天開始看到他，直到很多年之後，天送仔似乎從未變過樣子，總是老老瘦瘦的。尤其那拱起的後背和肩胛，彷彿天生這副模樣，才方便用來扛具小棺材。

在那個戰亂稍微平靜的年代，陷入貧窮的農村像一大灘永遠晒不乾的泥濘，農民是困在爛泥漿和混濁泥水裡的魚蝦，只能做徒勞無功的掙扎。天花、霍亂、傷寒、瘋狗病、氣傷、天狗熱……，一大串知道名稱或不知道名稱的疫病，猶如守候在門口揮舞著棍棒的凶神惡煞，一波波輪番著來，趕也趕不走。

DDT和白石灰粉末，變成空氣裡不可缺少的元素，很自然地在人們的鼻孔間穿進穿出。

有人白天好端端地下田耕犁，半夜便上吐下瀉死了；有人莫名其妙地發高燒或畏寒抖個不停，然後翻著白眼就去見老祖宗；還有人像中邪，突然拳打腳踢、胡言亂語，甚至像瘋狗那樣嚎叫個幾天幾夜，力竭而死。如果，能在昏睡中一命嗚呼的，大家便稱讚這個人好命、好老，一定是前世積德修來的。鄰村會掐著指頭為人推算流年的半仙，村尾的紅頭司公，廟旁的乩童，隨時都有生意上門，卻也常常自顧不暇，不是身邊的子女夭亡，就是自己丟了半條命。

大人活得辛苦，嬰幼兒更是朝不保夕。剛生下來的孩子不養個一年半載，直到養出一些元氣，覺得可以養活下去了，才會去報戶口。這時候，如果半仙或乩童還不肯鬆口，那只能從取名字上去補救，男嬰故意取個什麼妹、什麼珠、什麼子、什麼查某囝，或是青番、雞膏、豬屎、粗皮……等等，看不出是男性，甚至不像是一個人的名字，以擾亂索命小鬼的耳目，教那些小鬼翻爛了手上的《生死簿》，也找不到這嬰孩的名字；至於女嬰，本就是菜籽仔命，養了賠錢，很可能在生下來那一刻即被反裹胎衣悶死，或是丟進尿桶溺死，能被養下來的幸運者，隨便撿個順口的名字便叫一輩子，根本不必為取什麼名字才能順利長大成人而傷腦筋。

死亡隨時蹲在人們的四周窺探，隨時伺機而動。好在我們鄉下人能生，前莊走一個，後莊立刻生下兩個，有如野地裡的菅芒，這頭拔掉一叢，那頭很快冒出兩叢，生生不息。

我們村子是宜蘭街通往海邊公墓的要道，碎石路上經常看到出殯的隊伍。幾個衣衫襤褸、個子高矮差距頗大的黑瘦男人，腋下夾著一支長喇叭，走在棺材前頭。經過村舍之前，這些穿草鞋的吹鼓手便舉起那長喇叭，湊在嘴上鼓足力氣吹響它，朝半天空嗚嗚咽咽哀號幾聲，警告老弱婦孺迴避。

孩子們總會搶先一步躲進虛掩的門板後面，從門板隙縫窺視這一支腳步沉重卻快速通過的隊伍。走在最前面那個人，往往哈著腰或弓了背，看不出他究竟是營養不良的老人，還是該轉大人而轉不過來的大孩子。這個人瘦瘦扁扁的，恍若剛從皮影戲裡走出來的角色，他手持一根末梢蓄著整撮竹葉的竹枝，上頭繫一長條寫有符咒的招魂幡。如果有風吹拂，那長長的招魂幡會不停地隨風飄舞，遠望近看都是一縷披頭散髮的幽魂，頻頻回頭招手引領。

抬棺材的隊伍走過一陣子，孩子們才能從門板後面放回馬路上玩耍，這時已經走遠的隊伍，只剩下蠕動的黑點，但那些草鞋踩在石子路所發出的砂砂聲響，卻一直在風裡迴盪。先前撒落在路上的冥紙，宛如黃色的蝴蝶，時而停在石子隙縫扇動著羽衣，時而振翅在半空中飛舞。

到處會遇到生病的人，宜蘭街的醫生已經忙得無法坐人力車下鄉出診。宜蘭大病院擠滿了人，病床不夠，日式建築的木板走道躺滿病人。退燒藥用完了，來不及補充，醫生和護士交代來自鄉下的病患家屬，趕快回鄉下割來香蕉葉子，鋪在發燒病人的身軀下面。過不了兩三個時辰，壓在身子底下的翠綠色葉片，即變為焦黃，像被人用火烤焦。如果病人躺臥的姿勢是側著身子，留下的焦黃印痕便是個彎彎鉤鉤的英文字母；如果病人躺得四平八穩，葉片上的焦黃印痕，也跟著留下那樣的姿勢。

醫生叮嚀：「葉子焦黃了就不清涼，失去退燒作用。」家屬便撕棄焦黃的部分，重新移動香蕉葉的位置。等最後一攤零碎拼湊的葉片都焦黃了，再從鄉下割些新的香蕉葉。後來，屋前屋後的香蕉葉割光了，村子裡再找不到香蕉葉，河邊採來的野薑花葉子自然成了最接近的替代品。醫生看了，雖然皺著眉頭，還是安慰病患家屬說：「嗯，沒魚，蝦也好！多少應該有些效果。」

一波又一波的疫病，像一個又一個從太平洋上撲過來的颱風，橫掃過宜蘭平原。還有不少鄉下人，窮得不敢上醫院，也有的是人都抬到醫院急診室，卻因為繳不起醫藥費和住院保證金，只好把人抬回鄉下，道聽途說地摘來桑樹葉和幾樣青草，再刮點尿桶邊的灰白色積垢羼進去，或是加條蜈蚣、白頸蚯蚓，搗碎了擱在火爐上熬汁喝下，竟也有人糊里糊塗保住一條性命。

哦，應當說是保住半條性命，因為活下來的往往不是原先健健康康的那條命，有人聾了，有人啞了，有人變成斜眼歪脖子，有人瘦得像一具骷髏，一輩子病痛纏身。也有看來氣色不錯的，卻變得癡呆，天天衝著人傻笑。

醫生說：「那是發高燒把腦筋燒壞了。」

每當這些倖存者和他們的家人，看到從宜蘭街抬棺材來的隊伍經過時，都不忘彼此慶幸一番：「嘿！看來天公還是比較疼咱窮赤人。」

天送仔傴僂著身軀，正是那流行疫病的年月所留下來的後遺症，可從來沒有人聽他對自己的不幸有什麼怨懟。我們這些小學生每次看到他，很快便會聯想到上課時學到的成語，在作業簿上編造成句子說：「天送仔殘而不廢」、「天送仔是埋頭苦幹的模範」、「天送仔是忍辱負重的表率」、「天送仔是吃苦耐勞的英雄」，不一而足。

在小孩子的世界，有關天送仔的驚聳傳奇特多。和我同班，年齡比我們大了六、七歲的水旺仔，有一天就問大家說：「為什麼天送仔屋前種的紅甘蔗總是比別人種的粗壯，外皮暗紅，啃嚼起來像蜜汁一樣甜？」全班我看你、你看我，怎麼也猜不出原因。水旺仔的答案是：「天送仔曾經把死掉的嬰幼兒，偷偷地埋在屋前的甘蔗園裡當肥料。」此話一出，嚇得女生個個臉色蒼白，緊緊摀住耳朵，從此不敢吃紅甘蔗。

廟公的孫子，也不知道從哪裡聽來，說天送仔會妖術，能夠在埋葬嬰幼兒屍體之前，先把那些幼小的魂魄誘拐出來，裝進牆角一個大酒甕，等那些小鬼魂長大之後任憑他差遣，不信大家可以去看看那牆角是不是有個大酒甕。

還有人說得更恐怖，說天送仔的妖術一旦詛咒哪家的嬰幼兒，對方縱算把孩子送給神明王公做義子，肯定也活不成，不然鄉下怎麼會有那麼多嬰幼兒夭折？

其實，天送仔埋小孩有他一定的規矩。通常他會在草地上露珠未乾的大清早，一個人扛著小棺材涉過宜蘭河，朝著海邊的後埤公墓奔去，如同趕赴一個重要神祕的約會，一路上跟誰都不打招呼，連那個從年輕時就一起賭四色牌、一塊兒喝酒的老魁公都不例外。

村裡的大人明白他的規矩，在田裡或菜園看到了，頂多抬起頭看一眼。只有那個長著陰陽眼、能夠看到妖魔鬼怪的老魁公，會默默地跟隨他後頭走一段路，並且自顧自地拉開喉嚨，唱起自己編的歌謠——

天送仔送上天，好命囡仔喲！天送仔送上天，真正是好命囡仔喲！不用一世人為了報恩報仇相欠債，做牛做馬受拖磨！好命囝仔喲！

扛小棺材去海邊墳場掩埋要涉水過河，這倒不是什麼特別習俗，純粹是為了抄近路。早年宜蘭河下游運甘蔗的五分仔車鐵路橋尚未被大水沖毀，兩條鐵軌之間的枕木上架有一臺尺多寬的木板，住在對岸村莊的孩童上學放學、挑擔要到宜蘭街賣菜的農夫，以及街上來修鐘表的師傅、賣布和搖著波浪鼓賣雜什的小販，還有吹著小銅笛閹豬閹雞的，都跟天送仔一樣走此捷徑過河。

歐珀颱風把鐵路橋沖掉，只剩幾座橋墩佇在水流裡，來往對岸的人們必須往上游走一座水泥橋，要多花些時間繞了一個長距離的迴頭彎，天送仔每回為了趕早，乾脆涉水抄近路。好在平日水淺及膝，縱使駁仔船航道也淹不過胸口。

至於掩埋嬰幼兒，為什麼一定得選大清早？天送仔說：「出生不久的嬰幼兒夭折，通常是註生娘媽弄錯生辰讓他們早來或遲到，才會被閻羅王召回地府。如果趕在一大早把死去的嬰幼兒送到墳地埋葬了，他們的靈魂才不至於散掉，能夠及早排隊去超生，重新挑選更好的人家去投胎。要是過了中午，一旦發配人間的名額滿了，很有可能被編派去做牛做馬。」

為了堅持大清早埋屍的規矩，過了時辰把嬰幼兒屍體交天送仔埋葬時，他通常只在小棺材頂蓋四個角落各敲下一枚露頭釘子，即老木匠所說的「寄釘」，然後用草繩綑綁扛回住處，擱在床前一個夜晚，等第二天早晨再追加幾枚釘子，扛到公墓挖個坑掩埋。

在那個年代，尚未報戶口的嬰幼兒夭折，並沒什麼手續要辦。傷心的父母在小棺材扛出門時塞個紅包給天送仔，按照習俗即不再過問後續處理情形，包括埋葬的時辰、埋葬的地點。

對於天送仔不直接把嬰幼兒屍體裝箱扛去墳地掩埋，非得擱在家裡一個晚上的做法，村人還流傳一種耳語，說這是天送仔的好心腸，瞞著閻王爺做善事。因為鄉下人都曉得，家裡養的小狗如果奄奄一息，甚至已經斷了氣，讓牠在泥地上趴一個晚上，熏足了地氣，很可能不藥而癒。天地萬物許多道理相通，夭折的嬰幼兒熏一晚地氣，說不定真有活過來的機會。

死囡仔熏地氣的傳說，對村裡的孩子具有十足的吸引力。我們每天上學路過天送仔的茅草屋時，路邊草地上已經沒有露珠，大家還是忍不住好奇，會偷偷地推開虛掩的木板門探個頭，想看看屋裡是否放著過夜的小棺材？想看牆角那個用紅布蒙住頂蓋，纏上紅棉繩，再用扁平石頭壓在甕口的大酒甕裡，有什麼動靜？

也有膽子大的孩子，帶大家踏進茅屋探險，這時往往只覺得一室陰暗的屋子裡，到處瀰漫著古怪冰冷的霉味。茅草搭建的屋牆有很多隙縫，從隙縫滲透進來一絲絲亮光。這些飛舞著浮塵微粒的亮光，正像校門口那些高年級生組成的糾察隊，睥睨的眼神監視著眾人，怪恐怖的；但這些許的亮光，卻讓大家看清楚屋內的陳設。

屋裡最占位置的，是一張竹床和兩張椅面木板已經彎曲變形的長條椅。竹床上有一截油黝黝的圓木頭，水旺仔說那是天送仔的枕頭，因為他阿公睡覺時也是用一截圓木頭充當枕頭。長條椅上則放了幾個大小不一的碗盤，和一盞煤油燈。其他的陳設，只剩牆角的大酒甕和一些瓶瓶罐罐，門後牆邊斜靠著一疊不同尺寸的杉木板，新裁切的杉木板散發著淡淡的木材香味，羼和在霉濕的空氣裡。

我們偷偷去探了幾次險，並沒發現更奇特的事物，大家也就慢慢死心，但全村的孩子還是把天送仔當成是手持奪命符的牛頭馬面，只要看到天送仔遠遠地走過來，不管他肩上是否扛著小棺材，都會及早閃開，只有少數一兩個比較頑皮的，才敢大膽地學著愛喝酒的老魁公，遠遠地跟在天送仔背後，反覆地唱著——

天送仔送上天，好命囡仔喲！天送仔送上天，真正是好命囡仔喲！你不用一世人做牛做馬受拖磨！做雞做鴨供人刣！

天送仔一輩子順順當當地經營這樣一項行業，跟那個菸酒專賣局獲得專利許可賣菸酒一樣，從來不曾有人和他競爭。

日子一年年過去，連鄰近村莊死去的嬰幼兒都由天送仔親自扛去埋葬，活下來的孩子則永遠在半飢餓狀態下持續長大。直到有個早晨，一陣大雷雨過後，情況才有了改變。

那個早上，天地昏暗得好像還沒睡醒，從半夜即不停地在天上滾動的雷聲，似乎還不打算停歇，轟轟隆隆弄得村裡該報曉的公雞都不敢吭氣。欲雨不雨，天送仔抓住這樣的間隙出門，加快腳程扛著小棺材朝河邊奔去。

未料人才走過一段田間小徑，雨滴便落下來，大片大片的烏雲，從天邊直撲過來，不時夾帶著閃電，像一批批青燐燐的銳利箭矢，把天送仔當做標靶，對著他的前後左右射下來。

同樣起個大早到河邊拔野菜的老魁公，也被豆大的雨點像機關槍掃射那樣，輪番打到身上，逼得他趕緊跑到古公廟避雨。當他瞧見天送仔快步如飛地準備涉水渡河，一時顧不得彼此不打招呼的規矩，拉開嗓門呼喊：

「天送仔——天送仔——危險啦！」

可任憑老魁公怎麼大聲地喊叫，天送仔依舊加快腳步翻過堤防，走下河床。待老魁公追上堤防，天送仔已走進河裡。這時，一道閃電斜刺在老魁公的腳跟前，緊接著一聲脆雷巨響，把他對老兄弟的連串呼喊都吞沒了。

眼看著天送仔歪歪顛顛地截流橫越，水深從膝蓋淹到大腿，老魁公心急如焚，繼續聲嘶力竭地喊著，天送仔依舊勇往直前。天邊的烏雲一大片又一大片地猛撲過來，這些層層疊疊的烏雲，像極了面貌猙獰的妖魔鬼怪群聚呼嘯，試圖罩住整條宜蘭河，壓到天送仔的頭頂。

村人都說，老魁公天生陰陽眼，一般人看不見的大鬼小鬼都逃不過他視線，他自己也以此能夠向人們示警的本事引以為傲。但這回，他發現情勢真的險惡，卻只能眼睜睜地看著老兄弟步向險境而無能為力，實在懊惱透頂。

「天送仔——天送仔——」

沙啞悲愴的呼喊，一聲聲地在雨霧裡迴盪。不知道是淚水或是雨水，一次又一次糊住老魁公的眼睛，他還來不及擦拭，矇矓間卻看到一道緊接一道的青綠寒光，利劍般劈向水裡的天送仔。接連一串響雷過後，白亮的河裡再也看不到天送仔的身影。

一頂斗笠和小棺材，被水面上的水蓮花和雨滴播撒的漣漪所簇擁，緩緩地往下游漂浮而去。老魁公三步併兩步，踉蹌地跑回古公廟，要廟公到橋頭找撐駁仔船的石順仔，自己則繼續奔回村子求救。

老魁公喘吁吁地領著派出所兩個警察和一些村民，沿著堤防朝下游搜尋，每個人目不轉睛地盯著河面，只見河水一如往常地朝東流去，根本找不到斗笠和小棺材，更不要說天送仔的人影。有人一路疾走一路脫掉上衣，打著赤膊準備隨時下水救人，也有人帶來家裡的牛繩和晒衣服的長竹竿。

撐駁仔船的石順伯，看到雷雨停歇，天空開了幾個大洞，才把船撐離水泥橋下準備採砂。突然聽見廟公在橋頭喊他，說天送仔被河水沖走了。石順伯遞了一根竹竿給廟公，兩人一起撐著駁仔船朝下游找人。

雲層與河水隔空呼應，同時朝著下游的海邊奔馳，天色跟著亮了許多。村人終於在下游鐵路橋一座殘存的橋墩旁，找到那具被橋墩和水草卡住的小棺材，卻沒能找到天送仔。駁仔船上的石順伯和廟公把那小棺材鉤上船，河水隨即從木板接縫傾瀉而出，等不再有水流出時，兩人卻感覺棺材裡頭好像空無一物。

等船靠到岸邊，廟公單用一隻手便輕易地把小棺材拎上岸，他向攏過來看熱鬧的村人說出疑點，大家起鬨開棺檢視。不知道是誰先用鐮刀割斷綑綁在棺材上的草繩，然後把刀刃插入棺蓋隙縫，朝上扳出個空隙，再伸進指頭扳動那薄木片，兩三下就把頂蓋掀開一個大洞，隨即劈啦一聲，頂蓋板從中折斷。大家不約而同地把頭伸過去，也個個不約而同驚叫了一聲：「咦，囡仔呢？」

小棺材裡頭，根本沒有小嬰兒的屍體，只有十數張濕答答的淺黃色冥紙，零零散散地沾黏在木箱裡。天送仔不見了，小棺材裡的嬰兒也不見了。一群人彷彿被施了定身法，全楞在那兒。

老魁公用他那銳利的目光繼續朝著河面掃了一回，然後朝著河水自言自語地說道：「老兄弟，快回來喲！你要是再躲著，壁腳那甕黑豆仔酒就我一個人喝囉！」

老魁公和天送仔這兩個老羅漢腳，多年來形影不離，情同手足，村人都笑他們是「司公仔聖杯」。有時兩個人喝醉了，一塊兒坐在古公廟門廊地上，一人偎著一隻石獅子呼呼大睡，廟公攆也攆不走，常氣得說要拎個尿桶來潑醒他們。

老魁公本來想和兩個警察坐上駁仔船，繼續在河上搜尋。年紀較大的警察說：「人多礙事，船也走得慢，你不如去天送仔屋裡找看看，為什麼他只扛個空箱子？」

老魁公和廟公只好跟人群一塊兒走回村子。隊伍拉得很長，兩個老人走不快，一路走還一路輪番地搖頭嘆氣，很快就被人群甩到末尾。

老魁公告訴廟公：「昨天傍晚，看到天送仔扛回一具小棺材，我問他是哪個人家的小孩？他一反過去，只笑而不答，我想一定有不便明講的難處。」

兩人沉默片刻，廟公才接上話說：「敢是像人家亂說的那樣——」

「哪樣！你講什麼肖話，」老魁公打斷廟公的揣測：「你還真的認為天送仔養小鬼，把死囡仔當肥料不成？」

「外面是有——」

「有什麼有？我說的天送仔不便明講的難處，指的是那死囡仔可能是未出嫁的媽媽生下來的，傳開去，這個女人還有臉活下去嗎？」

走在隊伍前頭的那些人，自動地攏向天送仔住的茅草屋。天氣不好，我們低年級提早放學正巧經過，看到那麼多大人窩聚一塊兒，肯定有熱鬧可看，路隊立刻像潰決的田埂，小朋友各憑本事地把小腦袋鑽進大人們的腰際或屁股和屁股之間。

茅草屋的木板門虛掩著，屋裡黑糊糊陰森森的，散發著陳年的霉濕氣味，把人群嚇傻在門外。好一陣子，大家你看我、我看你，誰都不敢朝門裡跨一步。還是阿春姨仔眼尖，隱約看到竹床上有一捆衣物，她猜說會不會包著死囡仔？站在兩旁的人馬上唆使她進屋察看。阿春姨猛然退後一大步，搖著新燙的蓬蓬頭說，她馬上要幫人家下聘新娘，可不能隨便。

正在大家不知如何是好之際，教堂的牧師和牧師娘，還有老魁公和廟公同時到來。進屋探個究竟的任務，自然落在老魁公身上，堵在門口的那些人立刻讓出一條路，老魁公很快就把竹床上那捆衣物抱了出來。

「是個紅嬰仔哩！死的還是活的？」擠在最前頭的幾個人，相繼發出驚歎和詢問。這時，老魁公懷裡的嬰兒不知道是受到室外天光的刺激，還是被人們七嘴八舌所驚嚇，淡得幾乎看不清楚的眉頭竟然緊皺了幾下，接著把眼睛張開再閉上，咂咂嘴並舞動小拳頭，然後憋住氣，扭動身子撇撇嘴，使原本白皙清秀的臉蛋漲個通紅。緊接著驚天動地的「哇——」一聲，哭了開來。

「活的耶！活的耶！好可愛哩！」眾人幾乎是異口同聲地讚歎。

「不知是哪家的紅嬰仔？也不知道是查甫還是查某？」

老魁公當著眾人的面，掏開嬰兒下半身的衣物，結果這嬰兒的小雞雞一鬆開拘束，竟然像支小小的噴槍，一泡尿全灑在老魁公身上。大家笑了開來，老魁公笑得更開懷，直說：「嘿嘿嘿！有一支鋤頭柄哩！」

誰都沒聽說過這幾天有哪家婦女生小孩，也沒聽說過哪家嬰兒夭折，大家議論紛紛，彷彿廟前那棵老榕樹上的麻雀，吱吱喳喳吵個不停。只有老魁公和廟公這兩個老人心裡有數。

突然冒出個活生生的嬰兒，究竟該怎麼辦？這下子可考倒眾人。有人建議交給派出所警察處理。但馬上有人反對，認為兩個警察還在河裡指揮打撈，何況要是找不到人家領回，教兩個大男人拿什麼餵養嬰兒？

「對了，對了，」阿春姨像個仲裁者，比手劃腳地說：「教會有美援奶粉，先請牧師娘抱回去才不會餓壞嬰兒。」

再也沒有人能想出個更好的辦法之下，嬰兒便交由牧師夫妻抱回去。一大堆人卻繼續站在茅草屋前的甘蔗園邊，你一言我一語地輪番開講。

「我看哪，天送仔一定在做戲了！做那齣什麼《狸貓換太子》的戲文，」曾經在戲班打過雜的阿春姨說：「他先釘個空棺材裝模作樣地扛去埋掉，然後偷偷留下復活的嬰兒，養大了誰也不知道是誰家的孩子，等百歲年老，這個羅漢腳也有人捧神主牌傳香火。」

人群裡突然有人冷冷地迸出一句：「這麼盤算沒錯呀！要不然將來誰能繼承天送仔，扛村子裡的死囡仔！」

廟公拿下叼在嘴上的菸嘴子，朝人群猛噴了一口嗆人的白煙後，乾咳了幾聲，才慢條斯理說出他的看法：「我看大家不用黑白猜。村裡那麼多人和天送仔從小做夥到老，他埋死囡仔也不是一年半冬，這是他做了一世人的工作，就像有人做一世人的大事業，他才不會昧著良心做事——」

廟公又接連咳了幾聲，朝地面吐出一口濃痰後繼續說：「人說閻王爺要你二更死，誰也逃不過三更，生死本注定。也許，天送仔看到那嬰兒活過來，認為這是天意，他照樣把空棺材釘好扛去埋葬，主要就是不讓閻王爺知道手裡的生死簿竟然有漏網之魚，天送仔這麼做是為那嬰兒活下去設想。要不然他一個羅漢腳，養個嬰兒豈不是自討苦吃？唉，沒想到閻王爺還是鐵面無私，真的拿一命抵一命。不過，人生就是這樣，有人死去了就有人活下來，老樹爛頭發新芽，日子重新過才能久長，老骨頭換個紅嬰仔，天送仔算是沒白死哩！」

這時，坐在茅草屋門檻上低頭沉思，差點被大家忘記的老魁公，突然抱著頭嚎啕大哭，一面哭還一面喊著：「天送仔——天送仔——，老兄弟——老兄弟——」

那種老男人悲愴絕望的哭聲，一直過了很多年，村人回想起來都還覺得黯然神傷。

照說，少掉天送仔那個傴僂身軀扛著小棺材的身影，我們這一批小孩子從此應當自在一點才是，卻偏偏忘不了老魁公抱頭嚎啕大哭的那一幕，人人都覺得自己就在那沙啞悲愴的哭聲中突然間長大了不少。

村裡的媽媽們，面對孩子頑劣不受教時，再也不會像從前那樣拉開嗓門罵道：「這是什麼天年呀？會飼出你這個忤逆不孝的夭壽仔囝，早知道，生下來就叫天送仔扛去後埠仔埋掉！」

因為，大家始終忘不掉天送仔已經去做神了，再也不幫村人扛死囡仔了。

王公的金牌

1

王公廟供奉的開漳聖王，據說是兩百多年前由吳沙老大那一夥，從唐山跨海捧到三貂嶺，再翻山越嶺來的。先後從這兒刈香分靈出去的分身，不計其數。若論輩分，算得是王公當中的王公。

可惜這尊鎮殿大王公的際遇，和我們大部分鄉下人一樣，不知道是生不逢辰抑或是住錯了地方，大半輩子只能由分身的二王公、三王公和幾個部將陪伴，寂寞孤單地度過百無聊賴的歲月。

每天清晨，大王公還沒等到廟公來推開大門，就使盡那雙有點兒重聽的耳朵，點數著廟埕有多少隻麻雀撿食草籽，又有幾隻麻雀飽餐過後輪流站在石獅子頭上吵架拉屎。那些綠的白的甚至夾雜著褐色顆粒的，細條狀或糊粥狀的鳥屎，一坨一坨地堆疊在公獅母獅的頭頂和頸背上，令牠們的長相看起來比實際年齡蒼老許多。

大王公經常對著那些同樣清閒而排排站的部將們說：「我和二王、三王都上了年紀，膝蓋關節壞了了，住慣老人院也就罷了，你們年輕人應當多出去走走，看看世面呀！」

原本表情肅穆的部將們，每聽到老大關切體恤的話語，都會相互扮著古怪的鬼臉，彼此心裡會意，三大老個個足不出戶，說什麼也輪不到他們呀！

這樣寡淡無味的日子過久了，正像村裡老人常掛在嘴邊的：「鋤頭鐵打的，如果接連幾天不用，便會生鏽。」「活人坐久了躺久了，屁股還會長瘡流膿哩！」所以，神明雖是木頭刻的，要是天天坐在廟裡頭，肯定會有不好的情況發生。

二、三十年前的某一天，樟木雕刻的大王公神像底座，突然冒出一小撮粉末，廟公擦拭供桌時不以為意，誤認是自己含在嘴裡的葫蘆瓶胃散不小心掉落了。沒想到隔幾天，又出現同樣的胃散粉末，他伸出食指沾著，舉到鼻孔下仔細嗅了一陣子，卻毫無胃散該有的清涼香氣。這才恍然大悟，猛地拍打自己光禿的腦袋驚叫道：「難怪，每天晚上廟埕邊的路燈四周，總有白蟻飛來繞去！」

這事兒非同小可，廟公趕緊找來兼任管理委員會主委的村長，經由擲筊徵得大王公同意，挑在某個深夜吉時，請諸位王公和部將輪番躺到鋪著紅布的供桌上，接受貴賓級的全身健康檢查。

廟公特地拿出平常為人解讀籤詩的放大鏡，好讓主委和委員們瞧個仔細，結果誰都不必礙手地拿著放大鏡，僅用肉眼便看見大王公神像底座，已經被蛀開一個錢幣大小的孔洞，洞口邊緣還密布蜂窩般的小孔，只要手指頭稍加施力，立即塌陷且流瀉出更多的褐色粉末和細碎的木屑。至於二王、三王及全體部將神像，所幸健康無礙。

委員們分析，大王公神像會遭白蟻侵蝕，關鍵應該在早年匠師的疏失，推算那個年代，應當在日據末期發動戰爭之前。當時的保正找人撐著駁仔船到宜蘭城西門外，請來一位泉州師傅，住到廟裡來雕刻大王公神像，神像雕好上漆之前，趕忙把唐山抱來那尊高不盈尺的開基祖，植入這尊大王公後背脊梁裡，可能雕刻的樟木尚未乾透，也可能在植入時留下隙縫，才出差錯。

但不管肇因為何，王公神像底座成了白蟻窩，這種「泥菩薩過江」的笑話，傳出去不但有失王公顏面，整個村莊和所有的村人同樣跟著丟臉。因此，每個委員都緊張兮兮地一再彼此叮嚀，可千萬千萬要保密呀！

村長和委員們商討如何解決時，有人主張重新找匠師選最好的樟木雕尊新的神像，或乾脆採用玻璃纖維灌製一尊新的神像；也有人主張展開募款，然後塑一尊銅質神像，甚至鑄一尊像南方澳金媽祖或二結金土地公那種九九九純金的王公。

委員們說得口沫橫飛，村長卻露出苦瓜臉，不得不當頭澆下冷水說：「大家真是窮得有志氣，也不想想，就算能夠找出名目籌到錢，重新雕刻或銅鑄金塑可不是短短幾個禮拜，或是幾個月便能做好的，這期間要如何掩人耳目？」

「那簡單，我們把二王公扶正就行了，這麼做不用花錢、不必求人也不耗費時間。」委員當中的鄉民代表會副主席，突然語出驚人地提出這麼一個點子，令大家面面相覷。

在村裡開道壇的水旺仔仙，看到個個楞在那兒不知如何是好，才插嘴說：「代表會主席出缺，理所當然由副主席頂替，但廟裡供奉神明和官場畢竟不同，全臺灣還沒聽說過把二王公扶正，升級頂替大王公的事兒。何況我們說的幾個辦法，都不可能堵住消息外漏。依在下淺見，我們還是盡量想辦法修復大王公，才是最省錢、最直接的萬全之策。」

水旺仔仙雖然比大部分的委員年輕，畢竟經常出入神魔天地，這方面建立有一定的聲望，委員們即刻把他的意見聽進耳朵裡。水旺仔仙乘勢追擊地指出：「被白蟻啃蝕的這尊大王公，脊梁裡植有老祖宗從唐山捧來的開基祖，才能等同本尊。如果大家再去重製一尊，必須把開基祖請出來，移植到新雕神像的脊梁裡。可經過這麼漫長幾十年，誰能擔保大王公身子裡的開基祖，未遭侵蝕而能完好如初？新王公如果少了開基祖附身，縱使用玉石雕刻或純金鑄造得再威嚴再有氣勢，算來不過是一尊分身而已，絕非本尊。最後結果如此，又何必勞民傷財花那種冤枉錢呢？」

「仙耶，那你說說，你有何妙計去修補那些孔洞，又能不驚動外界？」村長和委員們的眼光，統統聚焦在水旺仔仙臉上。

水旺仔仙老神在在地露出一副神祕笑容，意思是請大家稍安勿躁，然後壓扁了喉嚨，以自信沉穩的口氣，有條不紊地說出他的構想。

2

委員會於是根據水旺仙想出的辦法，很快選定一個深夜子時開始的好時辰，和日前為神像健康檢查一樣，緊閉廟門，在大殿進行大王公神像的修補工作。

這項工程，委員會決定不假外人之手，連村裡的木匠、泥水匠都沒敢驚動，僅由村長和水旺仔仙各帶著兩名委員充當助手，分頭施工。

村長這一組人，先用一把長柄的不鏽鋼湯匙，掏淨大王公底座孔洞裡腐朽的木屑和粉末，再以細鑿子和小銼刀削整，把砂紙裹在指頭上伸進洞裡打磨。然後將晒乾的蚊仔菸草，紮成一小束一小束的火把，接續點燃熏著神像底座。

整個大殿瞬間即被嗆鼻的煙霧所瀰漫，熏得所有在場的人頭昏眼花，且眼淚鼻涕糊得滿臉。

接著，村長打開一瓶金門高粱酒，緩緩倒進一只附加噴嘴的塑膠瓶後，奮力地朝大王公底座的孔洞噴進去。每噴一陣子，便用電風扇吹一陣子，好讓洞裡的高粱酒迅速被木頭吸乾，如此輪番噴吹，不多久便把大半瓶金門高粱噴進大王公的肚子裡。

關在廟裡工作的人員，個個滿臉通紅，說話結巴，動作古怪；連坐在神明桌上的諸王公和部將，都免不了醉眼迷濛。大家都說，被金門高粱熏的，醉了。

至於水旺仔仙帶領的另一組人，先期工作雖然在大殿隔壁的廂房進行，照樣分享到煙熏和酒香。等村長這一組人完成工作，把場地收拾乾淨，水旺仔仙這組人立刻接手。

他們拎進來一個小鐵桶，鐵桶裡裝著由紅硃砂、水泥、細砂攙合的粉末。加水攪拌之前，水旺仔仙還不放心地用手掌當篩漏，一握一握地撫觸，仔細檢視是否夾帶任何雜物。

添加清水攪拌的工作，水旺仔仙交給其他兩位委員去做，自己回廂房去洗手洗臉，還換了一套事先準備好的乾淨衣褲。然後一臉虔誠地走進大殿，朝著平躺在供桌上的大王公合十行禮，必恭必敬地拿起乾淨的湯匙，把那已經攪拌成喜氣洋洋的大紅色泥糊，一勺接一勺地餵進大王公底座下那個大洞。每填幾勺，水旺仔仙就將手指伸進洞裡當抹刀，憑著觸覺仔細地抹填任何空隙。

村長和所有的委員，全被水旺仔仙肅穆莊重的神情舉止所震懾，個個站得筆挺，像阿兵哥立正聽訓，噤若寒蟬地看著大王公底座的孔洞，被一勺勺的紅色泥糊填滿。最後由水旺仔仙鑲嵌一塊事先由村長削整好的樟木板，嚴絲合縫地封住神像底座，準備過些時日，再用砂紙打光，並刷上油漆。

修補工程順利地在天亮之前完成，一如那封實的孔洞，除了廟公和管理委員會成員之外，沒有任何人知道大王公肚子裡的祕密。

更神奇的是，誰都沒有料到，僅僅那麼一小鐵桶，不值幾個錢的水泥、砂子，以及水旺仔仙平日用來畫符、開光點眼、破煞去邪的紅硃砂，竟然讓我們村裡的大王公從此改了運道，成就了大名聲。

3

事情的關鍵，發生在大王公灌填了紅硃砂水泥漿之後三、四年，半夜裡猛然來個大地震，把整個臺灣島晃得天搖地動。

地震發生前，全村老老小小，包括神明、雞鴨貓狗早已睡得深沉，突然一陣又一陣轟轟隆隆，好像有好多戰車和火車接續輾過村子。大多數的人雖然睡在自己家裡，卻彷若置身在巨浪裡航行的船艙，左搖右晃、上下顛簸地把大家弄得驚惶失色。

王公廟鐘鼓齊鳴，梁柱咿咿啞啞地應和，懸掛的牌匾和燈飾，歪的歪，掉的掉，也有懸在半空中盪著鞦韆。香爐、燭臺移位翻倒，杯盤狼藉，供桌兩側的花瓶率先不支倒地，跌得粉身碎骨。比花瓶壯碩許多的籤筒跟著響應，鏗鏗鏘鏘地滾落地面。

此刻，不管真花假花，不管好籤歹籤，全撒了一地。兩三隻不知從哪兒竄出來的小老鼠，遇到這紊亂場面，也看傻了眼。

平日坐得四平八穩的大小神像，個個被震得七葷八素，彷彿電視節目裡的骨牌表演，一個接著一個，不是朝前撲倒，便是往後仰躺。那一排平日裡站姿威風的部將，原地蹦跳騰躍幾下之後，紛紛表演高空彈跳朝地面跌落，有的腦袋瓜和身子即刻分了家，一如彈珠那樣滾來滾去。至於那些丟盔棄甲、手腳折斷的，只能算輕傷。

本來靠在牆邊，站得筆挺的大身尪謝將軍、矮仔爺范將軍，先是喝醉酒似的歪來倒去，最後乾脆趴到地上呼呼大睡。

地震過後，廟裡的情景好像到處堆滿廢棄物而等待清運的倉庫，只有正殿神龕裡的大王公，那尊底座和肚子裡灌滿紅硃砂水泥的大王公雕像，照舊文風不動，神色自若且無比威嚴地坐在鎮殿大位上。

沒有燈光，沒有燭火，陰暗的空間裡，只有牆壁上幾個通氣窗照射進來一道一道光柱，讓人清楚地瞧見仍有一些不安分的懸浮塵屑，彷彿霧氣那般騰升飛舞。桌椅器物無一不被鋪上厚厚的灰塵，撒布著石灰、水泥、陶瓷和木料的碎塊。

滿眼廢墟的景象，更襯出大王公的不凡氣勢，那種與天地同功、與山河並存的風發意氣。

消息很快傳遍開來，媒體記者蜂擁而至，他們目睹大王公面對著劫後殘破的亂象，照舊不動如山地顯露神威英姿，無一不動容，個個接連拍了好多彩色照片登上報紙，電視臺當然不會放過這些鏡頭。

經由媒體報導和信眾的口耳相傳，一樁了不起的神蹟越說越神奇。很多年來有點兒窮酸，甚至有點兒寒磣的王公廟，立刻發了開來。王公身上的金牌，有如小學生作文常用的形容詞：彷彿雪片般飛來。

王公廟從此香火鼎盛。不但我們村裡人拜，別村別鄉的人也來拜，連宜蘭街天天忙著賺錢的生意人，和許多遠在外縣市的人都來拜。

據說，有些縣市的建築營造公會，得知大王公在強震中屹立不搖的神蹟之後，除了自動奉獻大金牌，還遠來刈香分靈，請大王公任命全權大使，供他們會員捧到各個建築工地去當守護神，讓這個寂寞了大半輩子的大王公，幾幾乎要和魯班祖師在建商的工地裡平起平坐。

其他，舉凡信眾遇到男女姻緣，或事業財運興衰攸關的大事，都會到廟裡請大王公指點迷津。不幸患了疑難雜症臥病在床的，想要探究個明白，我們的二王公、三王公二話不說，立刻擔任大王公的分身坐上神轎，扮起家庭醫學科的主治醫師出診。若是放牧的牛羊感染疫病、飼養的雞隻大白天打盹流口水、母豬缺奶水哺育小豬或腿軟站不住，那就不必勞煩二王公、三王公，前排的幾位部將都是高明的獸醫。

不過一年半載，這些原本自認為官卑職小的部將們，同樣聲名遠播，祂們的職等頭銜當然跟著節節高升，不是封了元帥，就是當了將軍。其中那位青面獠牙，頭上還冒出兩隻尖角的李元帥，捉鬼擒妖出了名，領到的出差費和紅包，多得令人眼紅。

我們鄉下人常安慰那些孩子發育遲緩的父母說：「大隻雞慢啼，一旦啼叫必定驚人。」這句話用在大王公身上，可絲毫不假。還有早年村人從教漢學老先生那兒學來，做為貶損人的一句話說：「一人得道，雞犬升天。」這景象也全都在二王公、三王公，以及所有元帥、將軍們身上應驗了。

每逢連續假日，外地進香團的遊覽車一來七、八輛，廟埕擠不下，只能一長路地停到公路邊。人們上廁所得排半天隊伍，有些男人憋不住了，便站在路邊拉開褲襠就地解決。因此，不管春夏秋冬走在這條路上，縱使閉著眼睛，僅憑著嗆進鼻腔的味道，即不難猜到已經靠近王公廟了。

王公跟人一樣，只要名氣大，自然會有滾滾錢財送上門，大殿裡由村裡木匠用合板和玻璃釘製的獻金箱，必須每天清點兩次，才不會被鈔票塞爆。管理委員會為了徹底解決容量及安全問題，特地到宜蘭街買回來一座空間足夠蹲進去一個大人的保險櫃，從頂上開一個小洞，讓人們塞錢。

大王公胸前的金牌，越掛越多，層層疊疊，二王公、三王公多少跟著沾光，在金紅色的燈光照映下，每一尊王公神像猶如一棵棵結實纍纍的橘子樹。這種金光閃閃的景象，煞是好看耀眼。有人估計，不用幾年工夫，人們所奉獻的金牌，肯定足夠鑄造一尊像金媽祖、金土地公那麼高大的純金王公哩！

不過縱使王公再勇猛，身上掛滿層層疊疊的金牌，還是令一些人憂心。

某一回，宜蘭街有個骨科名醫由阿塗伯陪同到廟裡上香時，通過名醫的專業眼光，立即發現問題。這醫生瞧見幾尊王公身上掛著那麼多金牌，尤其是大王公已被一大把繫金牌的紅棉繩纏得看不見脖子，只能鎖緊眉頭，咬牙硬撐。

醫生偷偷告訴阿塗伯說：「那些金牌實在太多太重了，天天掛著，肯定會傷了大王公的頸椎。」

阿塗伯把話轉給廟公，廟公卻把手掌搖得像竹編的八角扇，然後瞇著眼笑笑說：「我們大王公很靈聖，很厲害，舉重若輕，傷不了，傷不了的。」

接著廟公還用手掌圈成喇叭狀，附上阿塗伯耳朵，細聲細氣地說：「戲臺上的皇帝不穿龍袍，還唱得成戲嗎？如果廟裡的王公不多戴些金牌，哪來的威風？你想想，就像你這個醫生親戚不套件白袍，當縣長或當大官的不穿西裝打領帶，都跟我們鄉下種田的一樣，隨便穿件短褲頭，打著赤腳，或趿拉著木屐、拖鞋，何來聲望和威嚴？」

身為骨科醫師親戚的阿塗伯，只好在第二天從家裡帶來一瓶「維骨力」膠囊，擺上供桌，同時點了三炷香向王公們稟報：「大王公、二王公、三王公，這是外國進口的藥丸。弟子林阿塗這幾年骨頭關節痠痛，我那個醫師親戚就推薦這種藥。這藥價格很貴，連健保局都說不能隨便吃免料，必須自己付錢，大家還是要求藥單照開。老祖宗說過人戇錢不戇，那麼貴的藥應該很有效。大王公、二王公和三王公，您們慢慢享用吧！相信對您們的頸椎一定有好處。」

一般信眾倒是很少想到王公的頸椎，是否能夠承受多少重量。只要心裡祈求的事兒如願，無論是做生意賺到錢、順利娶得美嬌娘、果菜豐收賣到好價錢、兒子女兒考上好學校、媳婦一進門便生個有卵葩的傳宗接代……，每個人都會慷慨地到銀樓打造一面又一面的金牌來答謝。

早年，鄉下治安好，住戶隨時都上演空城計，尤其農忙時人人下田勞作，家家戶戶空無一人，也沒有人想到費事地去鎖上大門。頂多在敞開的門扇外，擋一片活動的竹編籬笆，不讓雞鴨隨便跑進屋裡拉屎，卻不曾聽說誰家鬧過小偷。王公廟有神明坐鎮，更不需要緊張。

近幾年，治安好像大不如前。不但住家蓋得比從前牢固，門窗也實材實料，甚至加裝防盜鐵門和鐵窗，簡直像座關犯人的牢籠。因此，心思稍微細密的信眾，看到王公渾身金赫赫，心裡頭嘀咕的，便是那些金牌會不會被人偷走。

4

又到農曆二月十五王公生日，這回是每四年才輪到一次，也是大地震之後首度輪到的大拜拜，住外地的親朋戚友扶老攜幼地湧進村裡。王公廟提早兩天就搭好戲棚，請來歌仔戲班連演三天的戲。

每天分下午場及晚場，戲文都不相同，讓大家看個過癮。通常，午場稍嫌冷清，只有幾個老人家邊抽香菸邊看戲，不抽菸的就一面打盹一面看戲，連賣小吃的攤販都顯得懶洋洋的。但到了晚場可熱鬧多了，除了老人們續著戲文，年輕小夥子成群結隊地到戲棚下找女孩搭訕，跟攤販賭香腸。小孩子則喜歡圍著彈珠臺和燒烤油炸攤子，吃過零嘴仍不忘跑到戲棚後面，去偷看藝旦裝扮穿戴。

王公生日當天，廟裡更是從早到晚擠滿了人，王公和底下的元帥、將軍們個個被炷香熏得輪番打哈欠，再也沒人責怪廟公常把茶水泡得苦澀，甚至異想天開，寄望廟公能沖壺濃縮咖啡讓大夥兒提提神！

當家的大王公必須帶頭強打精神，時不時地叮嚀鼓舞，甚至精神喊話，強調這四年才輪到一次熱鬧，也是祂到這個鄉下落腳兩百年來難得一見的風光，大家千萬不能丟人現眼。祂特別指派二王公擔任糾儀官，職司風紀，並且從偏殿的土地公那兒借來枴杖，看到誰勾著頭打盹兒，即予當頭棒喝。

廟公和管理委員會的委員們，個個佩帶袖章接待信眾，忙得人仰馬翻。儘管春寒料峭，照樣有人汗下如雨，但每個人的臉上始終保持著微笑，真正做到人到香到茶到菸到。

拜拜的人潮中，有個工人模樣的年輕人，不看戲、不看小姐也不光顧小吃攤。他拎著沾滿油漆跡斑和泥汙的方形帆布提袋，站在滿桌的牲禮前，目不轉睛地朝著大王公、二王公和三王公神像，瞻仰了好幾回。

隨後他的眼神宛若游魚，四處瞟著打轉轉。把嘴裡的檳榔渣吐到帆布袋之後，自言自語地驚歎道：「賽伊娘咧！這麼個鄉下地方，竟然如此鋪排又澎湃，老大王和二王三王身上掛的金牌，都夠我開家銀樓了，竟然多到整尊神明有如純金打造那樣，渾身上下金光閃閃，王公就算光溜溜地不穿衣服褲子，也看不出來。」

他覷準人多好遮掩，靈巧地把那裝有手套、電筒、破壞器材的帆布袋，塞進矮仔爺范將軍的肚子裡。然後跟著信眾行禮如儀，還到臨時搭起的棚架下吃了一大碗平安粥，才跑到戲臺邊的榕樹下抽菸。

到了黃昏時刻，夜戲上演之前的空檔，他隨著吃拜拜的人潮，先後走進村長和鄉民代表家去吃喝一頓，順手摸了幾粒油炸丸子和幾塊甜糟餅，準備夜裡充飢。

夜戲一直演到九點多，這個時間如果不是王公生日大拜拜的日子，廟門早關了，王公和大多數村人恐怕都睡到好幾殿。這晚場戲，年輕人一直和幾個孩童坐在大榕樹枝椏上看熱鬧。等戲散了，孩童們各自回家，他才發現有陣陣冷風吹過樹梢，鑽進身子裡。這個年輕人雖然酒足飯飽，還是感受到寒意，好在他腦子裡不停地閃爍著金牌的光燦，一如下午的陽光仍不時地照拂在自己胸口。

戲班的人車離開時，老廟公已經把廟裡清掃乾淨，繼續忙著清理廣場的垃圾。從樹上溜下來的年輕人，抓個空隙迅速摸進廟裡。他一面用當兵時學來的舉手禮向王公致敬，同時順手在供桌上掰了兩根香蕉，才鑽進三面有木板桌裙圍封的桌下，和蹲踞在神明桌下方的虎爺，面對面地大眼瞪小眼。

等到廟公掩上廟門插上門閂，再等到廟公從廂房裡傳出打鼾聲響，躲在供桌下的年輕人才發覺自己好像睡了個小覺。立刻精神抖擻，從供桌底下爬出來。

這時，牆壁上的掛鐘響了十二下，王公和祂的部將們早都累得呼呼大睡。年輕人瞧著幾尊王公胸前的金牌，心裡美美地想著，睡什麼，這才是最美好一天的開始呀！

夜深人靜的大殿裡，景象和氣氛與白天所見大不相同。在兩三對紅燭式樣的燈光映照下，四處閃爍著不一樣顏色的光點，華麗而詭譎地朝著年輕人迎面猛撲過來。他躡手躡腳踮起腳尖，靠近通往廂房的側門，確定老廟公的鼾聲持續而平穩，並且反鎖著門扇。

不過，當他繼續踮著腳尖，沿著牆邊走到矮仔爺身旁，準備掏出先前藏匿的工具袋時，瞥見眼前這個身高和自己差不多的矮胖將軍，竟然一臉凶惡地高舉著一塊類似木雕粿模的板子，裝腔作勢地要砸他腦袋；而那個又高又瘦的謝將軍，則學著眼鏡蛇那樣吐出一截舌頭，只差沒有把口水滴淌到他身上。這一矮一高的兄弟倆，還同時朝著他翻轉銅鈴般的大眼珠子，使他原本平穩的心跳，禁不住地加速跳動起來。

「伊娘咧！做賊也不是一兩天，怕什麼！大身尪和殿上那些柴頭尪仔一樣，空有架勢，既沒有肚腸又沒有腦筋，有什麼好怕的，咄！」

人性差距應該不大，不管做賊的如何給自己加強心理建設，嘴裡說不怕，心底畢竟有疙瘩。當這個做賊的年輕人準備撬開神龕鐵欄柵之前，還是不由自主地雙手合十，先朝著王公拜了三拜。

嘴巴嘟嘟嚷嚷地叨唸著：「王公呀！弟子實在是手頭不便，不得已請您施捨一些，相信您也不願意看到弟子如此落魄。何況錢財本是身外之物，總歸有聚有散流來流去，如今您老人家把金牌統統給了我，明天開始照樣有人源源不絕奉獻給您，對您來說差不了什麼。再說，我拿它們去換點錢簽樂透，在您保庇下中了大獎，回頭一定鑄件像那些條子穿在身上的防彈背心，連子彈都打不透的純金盔甲，讓您老人家穿上，那可是全臺灣走透透也找不到的喲！肯定風光咧！」

年輕的小偷嘴巴這麼唸著，心裡嘀咕的卻是：「王公呀！你不過是運氣比我好當了王公，才有那麼多人巴結你，送你金牌。如今你這般富有，我卻窮赤得兩隻腳夾一粒卵葩。拿你幾面金牌，算算不過是劫富濟貧，在古時候還稱得上是義行咧！何況我已經許了願，一旦金牌換了錢，買樂透中個幾億，絕對不會忘記打件金赫赫的防彈背心報答你，絕對是九九九純金、不羼紅銅。怎麼樣？夠意思了吧！」

年輕賊兒爬上供桌時，一分神，腳丫子不小心掃倒兩只高腳塑膠茶杯，還讓幾粒蘋果滾落地面。他趕忙連聲點著頭說：「王公啊，失禮、真失禮！」並將被茶水濺濕的手掌在胸口擦了又擦，再合十朝幾尊神明拜了又拜。

5

出了這個岔，年輕的小偷不免想起剛出道偷神像金牌的情景。當時，他看到那些排排坐的神像，竟然動作劃一地偏過頭來，對著他吹鬍子瞪眼睛，令他緊張得四肢僵硬動彈不得，像具殭屍杵在那兒好一陣子。

到了第二次單獨出馬，偷的是人稱武聖的關公廟，記得自己身子才挨近神案，便瞧見那關老爺不僅漲紅了臉，豎起特濃特粗的臥蠶眉，手裡那把青龍偃月刀突然不停地晃得鏗鏘響，似乎隨時都會對準他的腦袋砍殺過來，嚇得他差點尿濕褲子。

回到師父那兒交差的時候，老人家看他說起話來上排牙齒鬥不到下排牙齒，才傳授他一招祕訣說，一旦發現自己有些恍神的時刻，隨便想個笑話，或是哼一段搞笑的流行歌曲，肯定能夠集中注意力，讓自己忘掉害怕，也讓神明聽了笑話或歌唱後心情大好，自然把頸脖放軟，任憑你取下祂多少面金牌。

在場一個才入夥、比他稚嫩得多的菜鳥師弟，竟賣弄聰明地說：「何必管那神明脖子軟硬？帶把剪刀直接咔咔咔剪斷繫住金牌的紅繩或金鍊不就結了。只要動作快，想害怕都來不及哩！」

老師父聽了立刻板起臉孔，神情嚴肅地警告這菜鳥徒弟說：「你知道為什麼有人一出生就少掉幾根手指頭？如果你不怕將來生下兒子被神明剪掉指頭或小雞雞，那你就拿剪刀去剪呀！」

而做為師兄的他，不愧是老師父的得意門徒，師父怎麼教，他就怎麼做，從不遲疑也從不打折扣。沒多久他就蒐集了幾則笑話，準備隨時派上用場。哪料到臨場那一刻，往往出岔，任憑腦袋瓜怎麼打轉，也想不起來任何一則笑話。他事後偷偷告訴其他師兄弟說：「一腳踩上神明桌，手腳便像觸電那樣癱軟，上下牙床咯咯響個不停，舌頭根本不聽使喚，沒有竄屎竄尿就不錯了，哪能記得什麼笑話？」

幾次勉強得手，他倒想起小時候一首輕快的童謠。從此每次一爬上神明桌，嘴裡自然哼起來：「三輪車，跑得快，上面坐個老王公，要五毛給一塊，你說奇怪不奇怪……」尤其每當伸手取下金牌的刹那，偏巧總是唱到「要五毛給一塊，你說奇怪不奇怪」，真的連自己都要笑出來呢！因此，這幾句童謠歌詞，在他嘴裡簡直像唱機跳針，重複又重複地唱著，甚至嫻熟地改變不同的曲調和速度，直到取下神明掛在胸前的所有金牌。

「真的，我說的都是真的，」他還向師兄弟們炫耀：「每當我把繫著金牌的紅繩，拎過神明頭頂時，都會感覺神明跟著我那『要五毛給一塊，你說奇怪不奇怪』這兩句歌謠的旋律，搖頭晃腦哩！」

6

這回不慎碰翻茶杯和水果，心裡不免有點毛毛的，但畢竟是老手，一定神唱起兒歌，把站在前排的幾位元帥和將軍請到兩旁，騰出能夠讓自己穩住腳得以使力的地盤。接著俐落地撬開神龕外的鐵欄柵門，一面繼續穩當地哼起要五毛給一塊的小人歌，一面小心翼翼地把鎮殿大王公胸前的金牌逐一取下，塞進帆布袋裡。

連續取下六、七面金牌時，年輕的小偷突然察覺金牌的重量似乎有異。

「嘿，這些金牌少說也有好幾兩重，掂起來怎麼輕飄飄地？」他有點懷疑自己的感覺，便往左右挪移，分別卸了二王公和三王公身上戴的金牌做比較，竟然發現同樣輕得掂不出什麼重量，確定情況真的不對勁。他立刻拿一面理應有一兩重的金牌，像折紙板那樣拗折了幾下，那金牌竟然「啪」一聲斷成兩半。

「賽伊娘喂！這年頭有女人做興戴假珠寶、假金飾，拎假名牌包包炫耀，沒想到當神明王公的，怎麼也弄假？難不成有人拿假金牌哄騙王公？」他又仔細地檢視其他的金牌，顯然清一色是鋁或其他鐵皮打造鍍金的假金牌。

這下他終於明白，假金牌數量這麼多，絕不可能來自不同的信眾之手，擺明是廟公或什麼人一手遮天，說不定是廟裡的管理委員會委員們集體幹出的醜事。

「真夭壽！這些人也不怕生囝仔沒尻川，竟敢勾串一起做這種瞞天欺神的惡行！」

年輕的小偷連小人歌也不唱了，繼續動手把三位王公所戴的假金牌全部取下來，塞進帆布袋，臨下神明桌還義憤填膺地罵了開來。所謂年輕氣盛，氣一上來，膽子自然跟著壯大起來。

這一刻，他根本忘了自己是個賊，是個到王公廟偷取王公金牌的賊，罵起人來正氣凜然，倒像是個專為神明王公伸張正義的俠客。

7

小偷拎著那一大袋假金牌，氣沖沖地抽掉門板後面上下兩根橫閂，拉開廟門，大腳跨過門檻時，還不忘回頭朝著繪在門板上的兩個門神出氣：「看，看什麼看！你們兩個大箍呆，以後要多朝廟裡頭瞧，看清楚是哪個賊把王公的金牌調包了，不要光顧著看外頭的風景。」

他怒氣未消地把那些假金牌逐一綁上門環、龍柱外圍的鐵柵，以及門口石獅子和大香爐的耳朵上。還有一些繫在金亭的人物浮雕，以及老榕樹上面……，連尚未拆除的戲棚柱子，也分到好幾面。

「哼！我倒要看看天亮後，廟公和那些自己覺得有頭有臉有名望的地方頭人，面子往哪裡擺！」年輕的小偷兩隻手掌往胸口一抹，彷彿完成一件了不起的工程那麼得意，環視著自己的成果。

年輕的小偷站在廟埕中央，有如舞臺上的樂團指揮，在劇終時準備謝幕那副架勢，將身子就地緩緩地迴轉一圈，洋洋得意地欣賞著自己的傑作。

要不是頭頂上整整一大片深沉的夜空，以及迎面撲來的一陣陣涼風，醒了醒他腦袋，他還會暈忽忽地陶醉在自己的設想中，以為自己是剛破了大案的執法人員，揭發了一件不為人知的弊端。

看著看著，腦袋裡突然浮起師父一再叮嚀過的重要事項，說做他們這一行的，如果出師不利空手而返，最是晦氣。要破除這晦氣，必須按道上規矩，在被偷的房間或者室外屙一坨大便，否則勢將衰運連連。但此刻要他當著列位王公神像面前，蹲在廟裡或廟埕屙屎，自忖還沒有這個膽量。

人或許真能急中生智，他的腳步不自主地向廟埕那棵大榕樹挪去。心想，不屙屎，拉泡尿應當算數吧！反正都是從體內排出來的東西。

可當他拉下褲襠拉鍊之際，猛然從下腹竄上來冷颼颼的風寒，彷彿褲襠裡被人硬塞進一袋碎冰，令他禁不住地打了個寒顫，勉強逼出來的些許尿意，瞬即縮了回去。

「不對，不對，」這下子真的亂了他的思緒，他再三忖度：「如果我在廟埕拉坨屎，大不了挨王公或七爺八爺一陣拳腳，生來裂成兩半的屁股也變不了四瓣；而褲襠裡這根寶貝家私，要是有個差錯，嘿！我那狀元兒子還沒生哩！」

想到這裡，年輕的偷兒趕緊檢查褲襠拉鍊剛剛是否拉攏。整個人像洩了氣的皮球，癱軟地坐在樹下，腦袋和後背由凹凸不平的樹幹撐著。

冷靜片刻之後，想到自己冒著被捉進牢裡的風險，忙了一個晚上竟然一無所得，還陷入前所未有的窘境，不免苦笑。

這時，吹在他身上的絲絲冷風，也吹動四處掛著的金牌，有不少金牌互相碰撞而發出清脆聲響，似乎每一面金牌都對著他響出聲音、射出亮光。

他呆呆地坐在那兒，瞧著那麼多的金牌像天上掉下來的星星，在黑夜裡不停地朝他狡黠地眨著眼睛。

「哼！誰敢說我沒偷到東西？我不但偷吃了王公的兩根香蕉，這些閃亮的金牌不就是我偷出來掛在那兒的。這下子，我可連那些地方人士戴在臉上的假面具，統統扒個精光哩！」

年輕的小偷終於吁了一口氣，肯定自己確實是個相當傑出的賊。他更相信，這樣的陣仗，絕對不是其他師兄弟所能應付得來的。

8

天色剛露出曚曚亮，還沒有到日常王公和廟公起床的時間。

被小偷拉開而虛掩的廟門，已經闖進些許天光。脊背倚仗在門扇的兩個門神，表情顯得特別尷尬。祂們不安地晃動著身體，試圖把繫在門環的假金牌甩掉，卻怎麼甩也甩不掉。

也許是冒失闖進來的天光，也許是晃動的門扇，驚擾了持續疲累好幾天才得一夜好眠的神明。大王公、二王公、三王公相繼睜開布滿紅色血絲的眼球，藉著微亮天光打量對方。這才發現，彼此身上已無半面耀眼的金牌，只能各自抿著嘴傻笑。

站在前面那一排元帥和將軍們，瞥見三大老身上儘管照舊披著繡滿金絲銀線的袍襖，可缺了那層層疊疊的金牌，無異是赤身露體的和大夥兒一起泡公共澡堂那樣，實在非常尷尬。天光越來越亮，再也沒有誰，敢回頭正眼去看看他們的頭領。

本來，按照過去的習慣，這些元帥和將軍們醒來伸懶腰那一刻，都會調皮地向三大老請安，同僚間也會彼此打個招呼。有的用國語道聲「早安」，有的用閩南話說句「老大，你搞炸」，有的則學歌仔戲唱腔引吭高唱「從早起來」。還有的沿襲日據時代做法，大聲地喊著「我哈腰、我哈腰鍋渣你媽吃」，不一而足。

在這一刻，一個和平常差不多的大清早，大家卻只能緘默不語，姑且當做彼此都還沒睡醒。

家住王公廟附近的阿闊叔，習慣早起下田。當他兩腳才跨過圳溝，抬頭便望見前一天夜裡已經演完戲的戲棚上，竟然閃爍著點點的金色亮光。

他心想，戲班那些唱戲的可真是粗心，怎麼忘了收走戲服，萬一被不懂事的孩子撿去戲耍，弄髒弄破了可就誰都賠不起。

阿闊叔了解自己的眼睛有些時候靠不住，特別揉了幾下眼睛，再趨前幾步路細瞧。這回卻看到不單是戲棚柱子上，連廟前的龍柱上也點綴得亮晶晶的。他來不及放下肩上扛著的鋤頭，即快步地朝王公廟走去。

「唉呀！哪會這樣？這些不是王公戴在身上的金牌嗎？」阿闊叔嚇得差點鬆手，讓鋤頭滑落肩膀。

只見廟門虛掩，看不到廟公人影。他趨前又倒退了幾步，心想不妙，一定出了什麼大事。萬一到時候，大家說他第一個到廟裡，應該知道那些金牌為什麼會跑到廟外面，或是說掛在外面的那些金牌少掉多少面，那時候縱使他跳到宜蘭河也洗不清。

阿闊叔趕緊回頭去叫醒幾個鄰居，多一些人到場，至少可以不被冤枉。

這些村人瞧見廟外面到處掛著金牌，和阿闊叔一樣，全看傻了眼。但人多膽大，有人推開虛掩的廟門，伸長脖子往裡察看，證實大王公、二王公、三王公的頸脖上，已經光溜溜。

大家實在想不通，王公們身上的金牌怎麼會被拿到廟埕到處掛？一個十幾歲的年輕孩子，好奇地伸手去觸摸那些金牌，隨即驚呼：「天呀！哪會這樣？哪會這樣？這金牌好輕好奇怪，不像純金的，像玩具哩！」

「囡仔郎，在神明面前，三八話不能亂講！」阿闊叔阻止年輕孩子繼續說下去，還強調：「王公的金牌怎麼會是假的？我去年奉獻的時候，銀樓給了保單耶！那家銀樓在宜蘭街可是傳了好幾代人，信用可靠的老店哩！」

另一個老鄰居接腔：「真正的金牌都會有銀樓保單，我親眼看過廟公戴著老花眼鏡，手拿放大鏡，一筆一筆登記列冊呀！該不會是真金牌被人調包了！」

大家你一句我一句，本來不敢隨便去觸碰金牌的人，也就近搆面金牌仔細瞧個清楚。更有膽大的，使力去拗折，測試它的延展性。

人越聚越多，彷彿割稻時聚攏的一大群痲雀，每個人絮絮叨叨地說個不停。早年沒當成廟公的阿塗伯，猛然地咳了幾聲，還朝地上吐了一口濃痰，再用袖口抹了下嘴巴。招來眾人目光後，才慢條斯理地說道：「唉！有道是知人知面不知心，人心隔肚皮，難測啊！不過我們的廟公，裡裡外外看起來都是老實人，應當不可能做出這麼齷齪的勾當才對。」

有人起頭，就有人跟隨。馬上有村人呼應了阿塗伯的話說：「事情應當沒有那麼單純，地震過後這些年，廟裡至少收到兩三百面金牌，恐怕不是某個人能隻手遮天。」

「我們廟裡的主委和委員，都是地方上有頭有臉的士紳呀！難不成向天公借膽，怎麼敢這麼做？真的不怕天打雷劈？真的不怕生後生沒尻川？夭壽短命！」

人們在廟埕嘈嘈嚷嚷議論著，竟然沒能把廂房裡的廟公吵醒，於是阿塗伯帶頭趨前去拍打門板。

為了應付連日來王公慶生活動而累得渾身痠痛的廟公，睡眼惺忪地一手扳著脖子，一手撐著腰桿應門。看到廟埕站滿一大群村人，還懵懵懂懂不知道發生了什麼大事。

聽過大家七嘴八舌的陳述和詰問後，廟公朝著四處懸掛的金牌瞄了一遍，臉上並未顯露太大驚訝，只是一面咧咧嘴苦笑，一面安撫眾人，說事情絕對不是眾人所想的那樣，叫大家放一百個心。

阿塗伯看到廟公現身竟說起風涼話，即刻把廟公當成箭靶：「喂！廟公大人，你叫我們怎麼放心，王公這些金牌除了外地那些求得好生意的商家所奉獻，有不少還是村人節衣縮食買來孝敬的，大家孝敬的是王公又不是孝敬哪個人，如今那麼多純金的金牌都變成不值錢的歹銅鐵仔，你這個負責管理的人，怎麼只叫我們放心？我看得叫警察來查個清楚，找回王公所有的金牌，大家才能放心。」

「對，對！是應該找警察查個清楚。」

阿塗伯聽到有人附和，順手又開弓射出第二箭：「如果我們沒猜錯，信眾們送給王公的金牌，恐怕早就被人調包，拿去礁溪洗溫泉、去酒家喝花酒，拜豬哥神囉！」

經過這一番唇槍舌劍，廟口已經像被大鍋鏟翻攪過的雜菜麵，被炒得一團亂。有人一邊咒罵，一邊把那些假金牌逐一摘除，丟在地上又踩又踩，紛紛嚷著要找村長和所有委員，出來說個明白。

9

正在這個時候，村長和幾位管理委員陸續趕到，同時還來了兩個警察。委員當中，水旺仔仙可能是最倒楣的一個，劈頭就被阿塗伯指著鼻子罵：「說你水旺仔能上通天界下達地獄，什麼事情看得明明白白，大家才選你當委員，你竟然連王公的金牌被人調包都不知道。害我這個當你阿伯的，都跟著丟臉！」

水旺仔仙面對這個氣抖抖的長輩，只能像個站在老師面前的小學生，不斷點頭稱是。等阿塗伯罵個夠，再趁隙從手中的大信封裡，取出兩本薄薄的冊子，交給村長。

村長爬上戲臺，一手晃動那兩本小冊子，一手高舉著一個鑰匙包，其中有一本小冊子已翻開內頁，裡面印滿文字又蓋有許多紅色印章。村長高聲叫大家安靜，聽他說明。兩個警察看到臺上的村長要講話，也幫著安撫大眾。

「拜託大家安靜一下，聽我說詳細——」村長拉開嗓門說：「村裡治安一向良好，但最近兩年，市區和鄰接鄉鎮不斷傳出大小竊案，無論大廟小廟都成為偷盜對象，甚至把獻金箱、保險櫃整個扛走。有些廟花大錢加裝鐵門，照樣被撬開。所以，委員會不得不想出一些辦法。」

村長接著說：「我們鄉代會李副主席，也就是李副主任委員，有個兒子在警察局當刑警，對這種治安情況最為了解，建議我們把王公廟的金牌存到銀行保險庫。當時曾有委員表示反對，認為任何人不能因為怕嗆到噎到，就不喝水不吃飯，神明也不能因為怕金牌被偷，就不戴金牌，那樣教人看了多沒威嚴！於是李副主委的兒子幫我們找到一家銀樓，用鑄造神明金牌的模子，翻鑄幾面鍍金的替代品，和真的金牌併排放著，讓委員們辨識。結果大家看了半天，也不容易分出真假，要辨別必須動手去掂量。如此才一致同意，以代替品取代金牌，將真的金牌統統存到銀行。同時對外保密，為了安全也避免招人閒話，對王公不敬。」

村長說得聲音有些沙啞，他一口氣喝掉廟公遞上的那杯溫開水，才繼續說：「說來說去，還是我們王公靈聖，那一百八十七面金牌這回才沒被小偷一掃而空。大家看清楚，我手上拿的鑰匙包，就是宜蘭街某家銀行保險箱的鑰匙，另外這兩本簿子，一本是我和幾位委員跟銀行簽訂的保險箱租約，一本是金牌清冊。任何人想要打開保險箱，縱使有鑰匙，也必須要有我們幾個蓋在合約上的印鑑才行，缺一不可。

「大家要是還有疑問，可以上來查看鑰匙、翻閱租約及清冊。再等幾個小時，銀行開門營業後，也可以麻煩在場的警察先生，用電話向銀行查對，看看管理委員會是否真的租有保險箱。如果，還有人不相信，也可以推派代表，會同前往清點。」

經村長這番解釋，人人鬆了一口氣，覺得村長領導的委員會真是英明，為王公保住了所有金牌，不但沒有人上戲棚查看鑰匙和租約，還幫忙把到處吊掛的假金牌取下來，請廟公趕快掛回王公身上。

最後，由廟公點著一大把炷香，分給每個人三支，請村長帶頭在王公面前立誓，約定不能把今天發生的事情說出去。幾個劈斷或踹壞假金牌的，也向王公表明歉意，說願意負擔重新打造的開銷。

慶祝王公生日，經過接連三天的午場和晚場戲後，誰都沒想到臨時會在大清早加演這麼一齣早場戲，弄得累上加累，任何人都想趕快鑽回被窩睡個回籠覺。

唉——奈何，天色已經大亮。

天一亮，王公們得打起精神，準備迎接進香客；而每個村人，手邊都有一大堆做不完的農事等著忙。

睡，怎麼睡？伊娘哩！

九歌文庫 1163

三角潭的水鬼

作者	吳敏顯
責任編輯	蔡佩錦
校對	吳敏顯　吳如惠　蔡佩錦　吳心宇
創辦人	蔡文甫
發行人	蔡澤玉
出版發行	九歌出版社有限公司 臺北市105八德路3段12巷57弄40號 電話／02-25776564・傳真／02-25789205 郵政劃撥／0112295-1
九歌文學網	www.chiuko.com.tw
印刷	晨捷印製股份有限公司
法律顧問	龍躍天律師・蕭雄淋律師・董安丹律師
初版	2014（民國103）年7月
初版 2 印	2015（民國104）年6月
定價	**260元**

書號　F1163

ISBN　978-957-444-945-3

（缺頁、破損或裝訂錯誤，請寄回本公司更換）

國家圖書館出版品預行編目資料

三角潭的水鬼 / 吳敏顯著. -- 初版. -- 臺北市：
九歌, 民103.06

240 面 ;14.8×21公分. -- (九歌文庫 ; 1163)

ISBN 978-957-444-945-3(平裝)

857.63　　103008038